JACK

ODER

WAS ENGEL TRÄUMEN

VON

KARSTEN HOFF

Buch

Jack scheint ein ganz normaler Student zu sein. Allerdings wird er durch einen ungewöhnlichen Traum in den Strudel aufregender Ereignisse gerissen. Von dem Zeitpunkt an verläuft sein Leben alles andere als normal.
Sowohl in der realen, als auch der Traumwelt muss er sich immer wieder dem Bösen stellen und merkt schon bald, dass er den Gegenpol darstellt.
Eine Reise nach Schottland konfrontiert ihn mit seiner Vergangenheit, die weit vor der seines derzeitigen Lebens liegt. Nach und nach begreift Jack, dass Träume eine Verbindung zwischen dem bilden, was einmal war und nun ist.
Patrick, der in dieser Geschichte der Gegenspieler Jacks ist, verkörpert das Böse. Er nimmt jede Gelegenheit wahr, das Gute auf der Erde herauszufordern und schart ständig neue Anhänger um sich. Das führt am Ende soweit, dass er den Versuch unternimmt, die Träume aller Menschen zu zerstören.
Jack hat als treue Freundin Frederike an seiner Seite und der alte Hannes, den er bereits aus seiner Kindheit kennt, steht ihm mit Rat und Tat zur Seite. Allerdings können sie ihm die letzte Entscheidung nicht abnehmen und seinen endgültigen Weg auch nicht beeinflussen.
Ob Jack nun ein Engel ist, muss der Leser selbst entscheiden, genauso wie jeder für sich selbst beurteilen muss, ob es Engel gibt oder nicht.

Autor

Karsten Hoff wurde 1961 in Hamburg geboren. Er verbrachte seine Kindheit in Lübeck und kehrte erst 1985 in seine Geburtsstadt zurück. Dort ist er heute beruflich sehr stark engagiert. In den letzten Jahren widmete er seine Freizeit intensiv dem Schreiben, woraus dieses Erstwerk entstand.

JACK

ODER

WAS ENGEL TRÄUMEN

EIN ROMAN
VON

KARSTEN HOFF

Bibliografische Information Der Deutschen Bibliothek:
Die Deutsche Bibliothek verzeichnet diese Publikation in der
Deutschen Nationalbibliografie; detaillierte bibliografische
Daten sind im Internet über
http://dnb.ddb.de
abrufbar.

Danksagung

Dies ist ja nun mein Erstlingswerk und als ich mit dem Schreiben anfing, wusste ich noch nicht, worauf ich mich da einließ. Allerdings gab es da einige wichtige Personen, die mich immer wieder aufmunterten. Darum möchte ich allen danken, die sich in irgendeiner Form daran beteiligten, dass dieses Buch vollendet werden konnte.

Ganz besonders möchte ich Frauke, meinem lieben Schatz, für die unendliche Geduld und ein immer wieder offenes Ohr danken.

Erwähnen möchte ich in diesem Zusammenhang auch meinen besten Freund, Didi, der es verstand, konstruktive Kritik mit aufbauenden Worten zu verbinden.

Weiter möchte ich mich bei Angela Arlt, Ingrid Marshall und Angela Kröger für ihre Unterstützung und unerlässlichen Ratschläge bedanken.

ZUM ANDENKEN AN MEINEN
VATER

Ein Traum verändert das Leben

Märchen geschehen mitten unter uns und so könnte ich diese Geschichte auch mit den Worten *„Es war einmal...“* beginnen lassen. Allerdings will ich kein Märchen erzählen, sondern von einer Begebenheit berichten, die sich täglich an jedem Ort wiederholen könnte. Es ist eine von diesen Episoden, die niemand so recht glauben mag. Aber ich sage euch, sie ist wirklich geschehen. Eigentlich bin ich ein klar denkender Mensch. Hätte ich es nicht mit meinen eigenen Ohren gehört und mit meinen Augen gesehen, ich selbst würde es nicht glauben.

Vor ein paar Jahren wäre jeder von mir noch als Spinner bezeichnet worden, der mir etwas von Engeln hätte erzählen wollen. Seitdem ich Jack kennen gelernt habe, denke ich über diese Sache anders. Engel gibt es wirklich. Ich begegnete ihm während meiner Studienzeit in der norddeutschen Großstadt Hamburg.

Ich möchte euch die Geschichte dieses jungen Mannes erzählen, dessen Leben zunächst ganz unscheinbar verlief. Jack wohnte in der fünfzig Kilometer entfernt liegenden Kleinstadt Lübeck und kam lediglich zu den Vorlesungen in die Hafenmetropole. Allerdings fuhr er nicht mit dem Zug oder einem Auto, sondern er trampte. Jeden Tag stellte er sich an die Autobahn und versuchte sein Glück. Obwohl diese Art als Pendler unterwegs zu sein, recht ungewöhnlich und zeitaufwendig war, für ihn mag es wohl der richtige Weg gewesen sein.

Fast jeden Tag lernte er neue Leute kennen, deren Geschichten so interessant wie ein neues Buch waren. So manches Mal ließ Jack seine Kommilitonen an den neuen Erlebnissen teilhaben, wenn er ihnen wieder einmal in der Mensa von einem Trucker erzählte, der sein halbes Leben vor ihm ausgebreitet hatte. Am besten war noch die Story von dem Bauern, der ihn mit dem Trecker mitnahm. Auf dem Hänger transportierte er eine Ladung Stallmist. Puh, roch Jack an jenem Tag streng, was zur Folge hatte, dass der Stuhl neben ihm frei blieb. Obwohl diese Geschichte ihm eher Nachteile brachte und ihn eher weniger amüsierte, so konnten alle über die meisten seiner anderen Geschichten oft genug schallend lachen

Trotz der alltäglichen Strapazen, die Jack auf sich nahm, um seinen studentischen Pflichten nachzukommen, war es ihm wichtig, den Kontakt zu allen Studienkollegen zu halten. Er ließ keine Gelegenheit aus, zu irgendwelchen Meetings oder auch Feiern zu erscheinen. Seinen Kommilitonen war es rätselhaft, weswegen er sich noch keine Studentenbude in der Nähe der Uni gemietet hatte und noch immer in seine Kleinstadt zurückkehrte. Aber etwas schien ihn noch immer dort zu binden, nur nach und nach erfuhr ich den Grund dafür.

Auch wenn Jack ein sehr kontaktfreudiger Mensch war, so sah man ihn doch häufig verträumt und abwesend irgendwo sitzen. Es schien so, als wäre er in jenen Momenten an anderen Orten, auf jeden Fall ganz weit weg. Nicht selten kam es vor, dass er mehrmals angesprochen werden musste, bevor eine Reaktion von ihm kam. Immer öfter verfiel er diesen

Träumereien und das hatte auch zur Folge, dass Jack sich leider immer mehr zurückzog. Diese Entwicklung bereitete vielen große Sorgen. Insbesondere Frederike, eine gute Freundin von Jack, war bekümmert und sie versuchte ihm zu helfen. Vor allen Dingen wollte sie wissen, was ihn so sehr veränderte. Viel konnte sie aber zunächst nicht ausrichten. Frederike fand noch nicht die richtigen Worte, um sein nötiges Vertrauen zu gewinnen.

Bis zu jenem Sommer, als ein großer Teil der Studiengruppe während der Semesterferien an einem Sommerseminar teilnahm. Es fand auf einem Gut nahe der Nordseeküste statt, war Teil seines Studiums der europäischen Geschichte und hatte das schottische Mittelalter zum Thema.

Das Anwesen lag in einem Wald, umgeben von einer wunderschönen Parklandschaft. Das Haupthaus thronte in majestätischem Herrenhausstil mit blendend weißem Gemäuer etwas erhöht über der Parkanlage. Zu beiden Seiten wurde es durch riesige Stallungen begrenzt, wo teilweise noch immer Pferde untergebracht waren. Das Gut wurde Ende des 16. Jahrhunderts erbaut. Seitdem wechselte es mehrfach seine Besitzer, bis es nach dem zweiten Weltkrieg lange Zeit leer stand. Erst in den späten sechziger Jahren wurde es wieder mit Hilfe von Spendengeldern restauriert. Das Herrenhaus war nahezu detailgetreu wieder hergestellt worden und viele alte Einrichtungsgegenstände waren noch vorhanden, so dass man das Gefühl hatte, in die alte Zeit zurück versetzt worden zu sein.

In diesem alten Haus war nun die Studiengruppe untergebracht und dort wurden auch die Seminare abgehalten.

Es war an jenem Tag, bei herrlichem Wetter, die Sonne strahlte vom Himmel und alle vergnügten sich während einer Pause auf dem Rasen der großzügigen Parkanlage. Einige spielten Fußball, andere saßen in Gruppen zusammen und quatschten miteinander.

Nur Jack lag abseits auf dem Rasen und starrte in den Himmel. Er schlummerte ungewollt ein und nach kurzer Zeit fand er sich in einem unheimlichen Traum wieder, von dem er erst viel später erzählte. Sein Leben veränderte sich von diesem Zeitpunkt an um einiges, nichts war mehr so wie vorher.

Jack thronte auf einem riesigen Altar im Zentrum eines antiken Chorraumes, der von einer mit Deckenbildern verzierten Kuppel überspannt wurde. Dieser Raum war ihm völlig fremd, er hatte ihn noch niemals gesehen und ganz zu schweigen, dass er ihn jemals betreten hätte.
Aus dem Raum führten vier massive Türen, in jede Himmelsrichtung eine und feiner Nebel sorgte für eine mystische Stimmung.

Jack wurde das Gefühl nicht los, von allen Seiten beobachtet zu werden. Waren es vielleicht die finster dreinschauenden Gestalten auf den alten Bildern, die dazu auch noch, wie aus dem Dunkel kommend, erschienen waren? Sie hingen in düsteren Erkern und waren im ganzen Raum angebracht, so dass er keinem dieser Blicke ausweichen konnte. Vielleicht waren es aber auch die vielen im Kreis angeordneten Statuen von Königen und von Heiligen. Sie starrten ihn aus scheinbar leeren Augenhöhlen an. Durch die bunten Glasbilder der frühgotischen Lanzettfenster drang diffuses Licht in den Raum, so dass alles wie in einen Schleier gehüllt war.

Während Jack auf dem Altar aus schwarzem Basaltstein saß, fragte er sich: „Wo bin ich?"

Mit weit geöffneten Augen ließ er seinen Blick in alle Richtungen schweifen und rutschte langsam herunter. Unter seinen Füßen war der kalte Marmorfußboden zu spüren. Während er dort so stand und an sich herunter schaute, ging ihm die Frage: „Wer bin ich?", nicht aus dem Kopf.

Alle seine Muskeln waren angespannt, seine Sinne waren geschärft und konzentrierten sich auf alles, was in den nächsten Sekunden passieren könnte. Zugleich verspürte Jack aber auch große Angst, die ihn zu lähmen schien. Verängstigt fixierte er seinen Blick auf eine der vier Türen und bewegte sich langsam darauf zu. In welche Himmelsrichtung diese ausgewählte Tür führen sollte, das blieb unklar. Er hatte das Gefühl, dass der Weg unendlich sei. Bei jedem Schritt glaubte er, Feuer unter den

Füßen zu spüren. Je näher das Ziel kam, desto deutlicher meinte er flüsternde Stimmen aus Richtung der anderen Türen zu hören. Es waren säuselnde Stimmen, die Jack verführen wollten, eine andere Tür zu wählen:

„Jack, hier her, komm zu dieser Tür!“

„Wer ist Jack?“, fragte er sich. „Soll ich das sein?“

Die Beine wurden immer schwerer und der Weg bis zur Tür schien nicht enden zu wollen. Er streckte seine Hand in Richtung der Klinke aus und nur Millimeter für Millimeter näherte sie sich dem eiskalten Metall. Die Stimmen waren mittlerweile lauter geworden und sie hörten sich wie ein Klagelied an. Es war ein Gewirr von Satzfetzen geworden, als würden Hunderte von Menschen auf ihn einreden.

Jacks Hand erreichte die Klinke und nur mit großem Kraftaufwand konnte er die schwere Holztür aufziehen. Nach und nach drang grelles weißes Licht durch den langsam größer werdenden Türspalt in den Raum. Wie durch ein Vakuum wurde die Tür wieder zurück gezogen, Jack musste immer mehr Kraft aufbringen, um sich gegen diesen Sog zu stemmen. Plötzlich, als die schwere Tür zur Hälfte geöffnet war, wurde sein Körper förmlich aus dem Raum gezogen. Zunächst konnte Jack sich noch an der Klinke festhalten, aber seine Hände fanden bald keinen Halt mehr an dem glatten Metall. Langsam rutschen die Finger von der Klinke und er wurde in die Tiefe gerissen, in das Nichts. Umgeben von grellem Licht stürzte er in eine Ungewissheit, von der er nicht wusste, ob sie enden würde.

14

Plötzlich wurde Jack aus seinem Traum gerissen. Er sah Sterne vor den Augen und sein Kopf brummte, als wäre er gegen eine Straßenlaterne oder eine Wand gelaufen. Zunächst wusste er gar nicht, wo er war. Langsam richtete er sich auf und nun kehrte seine Erinnerung auch wieder zurück. Einige seiner Kommilitonen standen um ihn herum, schauten zu ihm herunter, allen voran Patrick, der ihn mit zusammengekniffenen Augen musterte und sich mit den Armen auf den Knien abstützte.

„Was ist passiert?", fragte Jack etwas mitgenommen, schüttelte seinen Kopf und schaute dann prüfend in die Gesichter der Umstehenden.

„Na wie sollst du das auch wissen, hast ja mal wieder vom schöneren Leben geträumt."

Das stellte Patrick einfach so in den Raum oder viel mehr in den Park, der musste ohnehin immer sein Mundwerk weit aufreißen. Jack kannte ihn bereits aus gemeinsamen Seminaren und auch dort fühlte Patrick sich ständig unentbehrlich. Über alles und jeden zog er her. Zeigte man bei ihm auch nur im geringsten Gefühle, so war das ein Zeichen von Schwäche und wurde in den Dreck gezogen. Patrick gehörte zu jenen Studenten, die einen reichen Vater hatten. Überall dort, wo er auftauchte, stand er im Mittelpunkt und spielte den großen Lebemann, der sich alles und jeden kaufen konnte. Um ihn scharrte sich ständig eine Gruppe von Typen, die wie Marionetten von ihm bewegt wurden. Was Patrick tat oder dachte, wurde in den meisten Fällen ohne Widerspruch hingenommen oder gar für richtig befunden.

Jack sagte schon einige Male über Patrick und seine Anhänger ketzerisch: .

„Im Verlaufe der Geschichte gab es bereits mehrfach Verfehlungen dieser Art und das in weitaus größerem Stil."

Diese Situation war wieder einmal das beste Beispiel dafür. Patrick machte die coolen Sprüche und der Rest der Truppe stimmte kritiklos zu. Bevor sie Jack endlich wieder in Ruhe ließen, kam von ihrem Anführer noch ein herablassender Spruch, der nicht fehlen durfte:

„Es ist wohl besser, wenn du dich wieder deiner Traumwelt widmest, viel was anderes kannst du ja auch nicht."

Prustend und feixend trollte sich die Truppe. Jack wollte gerade noch dagegenhalten, hatte auch schon seinen Mund geöffnet, aber außer Luft kam nichts weiter raus. Er erhob sich und trottete mit hängendem Kopf in Richtung Herrenhaus. Auf der großen Treppe fand er ein ruhiges Plätzchen, fand wieder ein wenig zu sich selbst, um nicht ganz vor Scham im Erdboden zu versinken.

Glücklicherweise gab es da noch immer Frederike, die in solchen Situationen ein paar aufmunternde Worte fand.

Ihr Aussehen war eher schrill. Da waren die roten Haare, die zu Zöpfen zusammen geflochten waren. Im Gesicht hatte sie kaum übersehbare Sommersprossen und eine kleine runde Brille auf der Nase war ebenso wenig passend, wie der karierte Rock, die knallrote Bluse und die grünen Kniestrümpfe.

16

Besonders erwähnenswert waren die braunen Ledersandalen.

Jack sah allerdings auch nicht viel besser aus, nur, dass er keinen Rock trug, sondern eine braune Hose, die eigentlich zu keinem Kleidungsstück passte. Hinzu kam, dass er eher schlacksig und hager war. Jack gehörte eben zu den Typen, die nicht besonders attraktiv waren und Gestalten wie Patrick regelrecht dazu einluden, zu hänseln und zu piesacken.

Aber bereits Jacks Großvater sagte, und der war ein kluger Mann, dass es keine hässlichen Menschen gebe. Irgendetwas ist an jeder Person hübsch anzusehen und sei es nur der kleine Zeh. Damit sprach er große und bedeutende Worte. Und Recht hatte er. Auch Jack hatte seine Reize, die Frederike bevorzugt wahrnahm und in ihren Gedanken bewegte. Da war beispielsweise sein verschmitztes Lächeln und die haselnussbraunen Augen, die eine Wärme ausstrahlten, der man sich nicht entziehen wollte.

Frederike sprach mit beruhigend klingender Stimme zu ihm, so konnte Jack sich ein wenig geborgen fühlen und Trost finden.

„Nimm die anderen nicht so ernst, Jack.“

„Wie kann man so etwas nicht ernst nehmen, wenn die meisten sich ihm anschließen und keiner es ehrlich meint. Ich erwarte ja noch nicht einmal, dass mich irgend jemand von diesen Wichtigtuern versteht. Aber vielleicht könnte mich ja jemand so nehmen, wie ich bin.“

Eine ganze Weile saß Frederike neben ihm und schaute ihn an. Sie überlegte, was sie ihm nun sagen könnte oder ob sie ihn in den Arm nehmen sollte. Gerade hatte sie sich durchgerungen und wollte ihn fragen: „Sag mal Jack…"

Da ertönte aber auch schon der Ruf des Seminarleiters, also hatte es sich mit der Frage und dem passenden Moment erledigt.

„Nun ja, kommt Zeit, kommt Rat", dachte sie für sich.

Beide erhoben sich ein wenig widerwillig und ließen sich von dem Strom der Studenten mitreißen. Wie in Trance ließ sich Jack von dieser Woge tragen und fand sich fast wie von Geisterhand getragen auf seinem Platz wieder.

Der Referent des heutigen Tages war Professor Mc Felthy. Er war schottischer Abstammung. Sein Name ließ darauf schließen und wenn man dazu auch noch seinen Akzent hörte, so konnten keinerlei Zweifel aufkommen. Vielen Studenten war er bereits aus dem letzten Semester bekannt.

In dem großen Saal hatte Jack einen Fensterplatz, er ließ gerne seinen Blick über das Marschland Schleswig Holsteins gleiten. Der Ausblick war von dem Platz aus ganz besonders lohnend. Pflegte sein Freund Hannes doch immer zu sagen:

„Dat Land is so platt, dat du hüt all süst, wokeen übermorgen to Besök kümmt."

---

* „Das Land ist so platt, dass du bereits heute sehen kannst, wer übermorgen zu Besuch kommt"

Bei diesem Weitblick geriet Jack immer wieder gerne ins Träumen. Leider konnte er das nicht immer so recht genießen. So auch dieses Mal.

Die kräftige Stimme des Professors zerrte ihn abrupt in die Realität zurück.

„Welches Thema besprachen wir vor der Pause, Jack Hampton?", dröhnte es unüberhörbar durch den Saal.

„Äh, hm, meinen sie mich?", stammelte Jack und schaute unsicher um sich. Er wurde kleiner und kleiner, am liebsten wäre er unsichtbar geworden. Er war der einzige Student, der das Erscheinen des Professors noch nicht mitbekommen hatte. Hämisch grinsend blickten die Kommilitonen in seine Richtung.

„Sollte noch eine Person Jack Hampton heißen, so möge sie sich melden. Da dieses allerdings nicht der Fall sein wird, davon gehe ich einmal ganz fest aus, bitte ich Patrick Larsson darum, die Frage für Hampton zu wiederholen!", forderte Mc Felthy in bestimmtem und ironischem Tonfall.

Gerade Patrick musste für Jack diese Pein beenden und er tat es sicherlich mit Hochgenuss.

„Sie stellten die Frage, worüber wir heute bereits sprachen", kam wie aus der Pistole geschossen aus dem Mund von Larsson.

Langsam und geduckt beantwortete Jack dann doch die Frage und unsicher stammelte er dahin:

"Hm, hm, wir sprachen über die Bedeutung der Mönche in Schottland."

„Nun ja, da dies nun mit richtigem Ergebnis geklärt wurde, können wir ja mit dem Thema fortfahren!"

Kaum hatte Mc Felthy seinen Satz beendet, galoppierte er über die Materie referierend durch die Vorlesung. Manchmal konnte man von seinem Vortrag den Eindruck gewinnen, dass er sich in eine Art Wahn redete und er die Studenten überhaupt nicht mehr wahrnahm.

Dem Monolog folgend, rückte die gesamte Welt für Jack mehr und mehr in weite Ferne und er tauchte in eine andere, seine Traumwelt ein, in der das Thema des Professors den Rahmen bildete. Als wäre er in der frühchristlichen Zeit um 565 n. Chr. unter Mönchen, so wanderten die Bilder an seinem inneren Auge vorbei. Er saß mit den Kuttenträgern, als einer der ihren, mit an einem dunklen Eichentisch im Kloster Iona auf der gleichnamigen Insel und trank dort das keltische Lebenswasser, nämlich Whisky. Während er durch ein Fenster der schweren Klostermauern schaute, versank gerade die goldene Sonne im Meer.

In dem Moment wurde Jack durch eine herbe durchdringende Frage aus seinen erbaulichen Träumen gerissen.

„Jack Hampton!", dröhnte es in seinem Kopf, „Wie hieß der Abt, der Whisky saufende Mönche hart bestrafte?"

Jack antwortete prompt: „Der hieß St. Columban! Allerdings halfen die drakonischen Strafen nicht viel!"

Ein Raunen und Staunen ging durch die Gruppe, denn eigentlich konnte das noch niemand wissen, weil es von Mc Felthy mit keiner Silbe in seinen Ausführungen erwähnt worden war. Jack wusste es aber, da er den Abt gerade eben in seinen Träumen mit eigenen Augen gesehen hatte. Wäre es von ihm verlangt worden, so hätte er diese Person auch beschreiben können. Ein wenig erschrak er sich auch, aber er schenkte diesem Zwischenfall nicht all zuviel Bedeutung.

Vielmehr machte ihm der Traum in dem antiken Chorraum zu schaffen. Zu gerne wüsste er, wohin ihn der Abgrund geführt hätte und welche Bedeutung die anderen Türen hatten.

Ein völlig neues Gefühl

Jack blieb nach dem Seminar nicht auf dem Gut. Was wohl auch eine Frage des Geldes war, denn nur unter erschwerten Umständen hatte er sich die Kosten für dieses Sommerseminar vom Munde absparen können. Er fuhr jeden Tag zu seiner Tante und seinem Onkel auf einen Bauernhof, der ungefähr zwanzig Kilometer entfernt lag. Die Strecke meisterte er mit einem von seinem Onkel ausgeliehenen Rad. Es war einer von diesen schwarzen Drahteseln aus der Nachkriegszeit, die zwar unzerstörbar waren, aber wenig Fahrkomfort boten. Dementsprechend war der Weg auch jedes Mal recht beschwerlich.

Jack fuhr gedankenverloren dahin. Ihn beschäftigte der Traum im Chorraum. Er konnte sich auch gut an die Details erinnern und hatte das Gefühl, dass es sich um etwas Bedeutsames handeln musste. Allerdings brachten ihn all seine Überlegungen nicht weiter.

Er fuhr über die kurvenreiche, aber doch ebene Straße in Richtung des Bauernhofes an der Küste. Links und rechts weideten überall Schafe, die in dieser Gegend weit verbreitet waren.

Nur hier und da konnte man Kühe oder Pferde stehen sehen. Glücklicherweise war es an dem Tag windstill, so dass Jack nicht so stark in die Pedale treten musste. Allerdings durchdrang feiner Landregen mittlerweile seine Kleidung. Das war nichts Ungewöhnliches, denn an der Küste ist ein Sommerregen nicht selten und der war eher angenehm.

Seine Gedanken wurden abrupt unterbrochen, als von hinten ein Auto näher kam. Jack ahnte schon, um welche Gestalten es sich handelte und Gänsehaut überkam ihn. Lautes Gegröle und

Gelächter drangen an seine Ohren. Das Cabrio kam immer näher und der Fahrer war, wie soll es anders sein, Patrick. Er war wieder einmal mit seinem Hofstaat unterwegs. Der Wagen wurde langsamer und rollte neben her. Ein kräftiger Arm reichte über die Beifahrertür und hielt den Radlenker fest.

„Na Jack, bist du mal wieder in irgendwelchen Traumwelten gefangen? Pass mal auf, dass du nicht ins Trudeln gerätst!", hänselte Patrick ihn vom Fahrersitz aus und schaute ihn mit seinem überheblichen Grinsen an.

„Lass los!", rief Jack, „Was soll das?!"

Patricks Begleiter ließ den Lenker los, gab aber dem Rad noch einen kräftigen Stoß, so dass kein anderer Weg zur Wahl stand, als der in die Büsche. Patrick fuhr mit seinem Gefolge hässlich lachend davon. Jack hingegen hatte seine Fahrt mitten im Stechginster beendet.

Da lag er nun zwischen dem Gestrüpp. Die Arme und Beine waren überall zerstochen und zerkratzt. Er hätte heulen können. Jack fragte sich immer wieder, warum er sich das alles von diesem arroganten Schnösel gefallen ließ. In Patricks Nähe hatte er immer ein ungutes Gefühl. Es war so, als würde etwas Unheimliches – ja, etwas Böses von ihm ausgehen. Er konnte das aber noch nicht so ganz einordnen.

Während ihn die Dornen von allen Seiten piesackten, tauchte Frederike wie ein rettender Engel mit ihrem Motorroller auf. Als sie Jack so bedauernswert daliegen sah, bremste sie abrupt ab, riss ihren Helm vom Kopf und stolperte ungestüm auf ihn zu, so dass sie beinahe selbst noch in die Büsche gefallen wäre.

„Jack, was ist passiert?"

„Ach, was glaubst du wohl, was passiert ist? Picknicken wollte ich hier, ja, richtig. Ich wollte einfach nur picknicken, und da ich ein Fakir bin, hielt ich diesen Ort für geeignet. Ja..., ja so ist es!", antwortete Jack recht hilflos, aber doch trotzig.

„Nun hör auf Jack!", entgegnete Frederike beinahe zornig und entschlossen, „das sieht mir ganz so aus, als hätte da mal wieder der Miesling Patrick seine Finger im Spiel."

„Hm, ja", kam zögernd, „ich glaube, da könntest du Recht haben. Wie bist du nur darauf gekommen?"

Sie beugte sich über Jack, fasste unter seine Arme, um ihm beim Aufstehen zu helfen.

„Nun komm erst einmal her und setzte dich an den Straßenrand. Ich will mir erst einmal deine Wunden anschauen. Du weißt, dass Stechginster nicht ganz ungefährlich ist?"

„Ja, ja, ich werde es schon überleben."

Sie kniete neben ihm auf dem Asphalt. Der Regen hatte inzwischen aufgehört und die Sonne schaute hinter den Wolkenfeldern hervor. Die warmen Strahlen taten gut auf der feuchten Haut. Als wären es ihre eigenen Schmerzen, begutachtete sie betrübt die Wunden. Nun kam aber etwas, womit Jack gar nicht rechnete. Frederike beugte sich über seine Beine und saugte mit dem Mund einzeln die

24

Wunden aus. Fast ohnmächtig und zugleich so entzückt von der Situation, saß er regungslos da. Sein Herz schlug bis zum Hals, so dass er glauben musste, man würde es laut und deutlich hören. Langsam wanderte ihr Kopf zu seinen Armen und sie schaute verschmitzt lächelnd ihr verblüfftes Opfer an. Frederikes Blick war derart verführerisch, dass keine männliche Seele hätte widerstehen können, erst recht nicht eine wie Jacks. Mittlerweile war die Verführerin im Gesicht angelangt, wo selbstverständlich auch noch die eine oder andere Verletzung zu verarzten war. Mit zärtlichen Küssen tastete ihr Mund sein Gesicht ab und landete urplötzlich auf seinem Mund. Jacks Augen wurden größer und größer, sein Atem stockte. Diese Anmut und Verführungskunst ließ nun auch ihn in einen zärtlichen Traum hinübergleiten. Aber nein, es war kein Traum, dies war die Realität und der konnte er sich nicht entziehen. Vorsichtig und unsicher erwiderte Jack die zärtlichen Berührungen ihrer Lippen. Er legte ganz sanft seine Hände auf ihre Hüften und drückte sie an sich.

„Na, gefällt dir meine Heilkunst?“, flüsterte Frederike ihm ins Ohr.

Jack schloss nur noch die Augen und genoss dieses wunderschöne Gefühl. Es war für ihn so, als würde sich eine neue Welt auftun. Eine Welt, die er bisher noch nicht kannte.

Nach dieser kleinen Lehrstunde setzte Frederike sich neben Jack und schaute ihn mit ihren himmelblauen Augen an. Ihr Blick war ihm so vertraut, als würde er sie schon ewige Zeiten kennen.

„Jack", unterbrach sie die romantische Zweisamkeit und zupfte dabei ein paar Grashalme ab, „du darfst dir Patricks Gemeinheiten nicht länger gefallen lassen. Er macht mit dir doch was er will. Wo soll das denn noch hinführen?"

„Verrate mir, was ich tun soll und ich würde es sofort machen", entgegnete Jack etwas hilflos, „allerdings gibt es gegen einen Banausen mit Reichtum im Hintergrund nicht viele Patentrezepte. Schau dich doch mal um. Wer von uns armen Studenten kann sich schon so ein Auto leisten?"

Sie schaute Jack tief in die Augen, streichelte über seine Haare und gab ihm einen liebevollen Kuss.

„Nun steh erst einmal auf und dann wollen wir mal schauen, wie du nach Hause kommst. Wo musst du eigentlich hin?"

„Zur Zeit wohne ich auf dem Hof meiner Tante und meines Onkels hier auf dem platten Land."

Kaum hatte Jack den Satz beendet, da hörte er ein Motorengeräusch. Dieser Motor war ihm allzu gut bekannt, so knatterte nur Minna, Hannes alter Pritschenwagen. Er erhob seinen Kopf und ließ erwartungsvoll den Blick die Straße entlang schweifen. Der Glanz in seinen Augen verriet, dass jemand Außergewöhnliches erscheinen musste.

Und richtig, es war Hannes mit seinem Uraltmobil aus den Fünfzigern, der die Landstraße entlang gefahren kam. Jack kannte diesen alten, knurrigen und etwas behäbigen, aber doch sehr liebenswerten Menschen seit seinem zweiten Lebensjahr und schon damals fuhr dieser Oldtimer mit ihm über die Lande. Hannes brachte so leicht nichts aus der Ruhe. Früher, als Jack noch häufig und regelmäßig auf dem Hof seines Onkels zu Besuch war, entstand zwischen den beiden ein besonders vertrautes Verhältnis. Seit Studienbeginn war die Zeit allerdings etwas knapp geworden und die Besuche wurden auch kürzer und weniger. Hannes erkannte Jack sofort und hielt sein Fahrzeug an. Knarrend und schnaufend kam es zum Stehen. Durch das geöffnete Fahrerfenster lehnte er sich weit heraus und rief überrascht, aber auch zugleich freudig gerührt:

*„Jack, büst du dat? Man, wie lang is dat all her, dat ick di seen hev. Büst jo ein stotschen Kerl worn.“

„Meine Güte Hannes, dass wir uns hier mitten auf der Landstraße treffen, ist bestimmt kein Zufall. Es ist jetzt schon zwei Jahre her, dass ich bei Shean und Hanna zu Besuch war. Solange haben wir uns nun nicht gesehen und Stuart gibt es auch noch.“

Der lebhafte, aber schon etwas betagte schottische Border Collie drängte seine Schnauze an Hannes Schulter vorbei, um einen alten Bekannten gebührend zu begrüßen.

**„Wo is denn dien goode Kinnerstuv, Jack? Wills mi ni diene seute Deern vörstellen?“

„Oh, tut mir leid, das ist Frederike, eine Studienkollegin von mir. – Frederike, das ist Hannes, ein sehr guter Freund."

Mit großen fragenden Augen stand Frederike daneben. Sie wusste gar nicht, worum es ging und was Hannes auf Plattdeutsch redete, konnte sie sowieso nicht verstehen. Jack verstand Plattdeutsch, aber sprechen konnte er nur sehr wenige Worte. Etwas zurückhaltend und vorsichtig, was man von ihr sonst gar nicht kannte, begrüßte sie den alten Mann und Stuart. Freudig jaulend steckte der Hirtenhund seinen Kopf durch das Autofenster und wurde selbstverständlich auch gestreichelt.

*„Na, mien Deern, för Stuart brukst nie bang ween, de deit keen Fleech wat. För uns plattdüütsche Snak brukst di ook nich to verfeern. Wi sünd een bitten ruuch, hebt dat Hart ober op denn rechten Placken. Jack, nu öbersett mol, dat ok allns kloor geiht."

„Was hast du denn verstanden?", wandte sich Jack Frederike zu und die schaute völlig verblüfft drein.

„Wenn ich ehrlich bin, habe ich überhaupt nichts verstanden."

„Nun, Hannes meint, dass er und Stuart ganz nett seien."

**„Bannig free Öbersettung," brummelte Hannes.

„Mal etwas ganz anderes. Könntest du mich und mein kaputtes Rad ein Stück mitnehmen? Ich hatte

---

*„Na, mein Dirn, vor Stuart brauchst du keine Angst haben, der kann keiner Fliege etwas zu Leide tun. Vor unserem Plattdeutsch brauchst dich auch nicht erschrecken. Wir sind zwar etwas rauh, haben das Herz aber am rechten Fleck. Jack übersetze mal, damit alles klar geht."
**„Ganz schön freie Übersetzung."

nämlich einen kleinen Sturz. Auf Frederikes Roller gestaltet sich der Transport ein wenig schwierig.“

*„*Wat för een Frooch! Kloor! Ober wat is mit dien Deern?“*

„Wollen wir uns im nächsten Dorf bei der Kirche treffen, um noch ein wenig zu reden?“

„Ja warum nicht? Das ist eine gute Idee“, stimmte sie zu, setzte sich den Helm auf und knatterte mit ihrem kleinen Roller los.

„Mach dir keine Hoffnung, Hannes. Ich glaube kaum, dass deine alte Minna sie jemals einholen kann. Sie wird sicher sehr viel früher bei der Kirche ankommen.“

„Erkläre mir lieber, was passiert ist! Vor allen Dingen, wie siehst du eigentlich aus, wer hat dich so zugerichtet? Nun erzähl mir nicht wieder, du hättest den berühmten Sturz ins Gebüsch gehabt. Das hast du schon früher immer versucht. Ich glaube es dir nicht, dafür bist du ein zu guter Radfahrer!“

Hannes hatte ein Gespür für gewisse Dinge. Man brauchte ihm nur etwas erzählen oder mit einer Situation konfrontieren, und er ahnte bereits, was geschehen war. Ihm machte man so leicht nichts vor. Es war, als hätte er ein zweites Gesicht.

Während Jack das Rad auf den Transporter hievte, sagte er:

---

* „Was für eine Frage! Klar! Aber was ist mit deinem Mädchen?“

„Weißt du, Hannes, eigentlich brauche ich dir gar nichts erklären, denn du weißt ja ohnehin schon alles."

Er kletterte neben Stuart auf den Beifahrersitz und schlug die alte Tür zu, ein Wunder, dass sie überhaupt schloss. Woraufhin er seine kleine Ansprache fortsetzte:

„Vielleicht kannst du alter Brummbär mir den einen oder anderen klugen Tipp geben, denn du kennst mich am besten. Ich weiß einfach nicht, wie ich der Boshaftigkeit eines Studienkollegen begegnen soll."

Hannes fuhr langsam an. Schwerfällig, ächzend und knarrend setzte sich die alte Minna in Bewegung. Der Fahrer musste tüchtig mit Händen und Füßen arbeiten. Gasgeben, Kupplung treten, Zwischengas geben und Schaltknüppel umlegen, alles musste genau aufeinander abgestimmt sein und man merkte Hannes die Konzentration an, mit der er Minna die letzte Kraft aus der Maschine lockte. Derweil rückte Stuart Jack mit freudig wedelndem Schwanz immer mehr auf die Pelle.

Erst mit einiger Verzögerung und dann auch nur sehr abgehackt, von so manchem Geräusch aus dem Getriebe untermalt, antwortete Hannes angestrengt.

„Weißt du Jack... schon damals wurdest du im Dorf von dem einen oder anderen gehänselt. Aber du hast immer den richtigen Weg gefunden, um dem Bösen in den Menschen zu begegnen. Es zieht sich wie ein roter Faden durch alle Gesellschaftsschichten. Ob Arm oder Reich, böse Menschen wirst du sicherlich überall finden. Aus was für einem Haus kommt denn dein Kollege?"

„Er hat sehr reiche Eltern und er gibt mit dem vielen Geld, das er zur Verfügung hat, auch reichlich an."

„Hm, dieser Umstand spielt sicherlich nicht nur allein eine Rolle, aber ist bestimmt nicht unwesentlich. Viele können mit dem Reichtum einfach nicht umgehen und meinen, dass sie sich mit ihrem vielen Geld alles erkaufen können. Das gilt besonders für diejenigen, denen der Reichtum in die Wiege gelegt wurde. Wobei ich dieses auf keinen Fall verallgemeinern will."

„Was ich nur nicht verstehe, ist, dass so viele auf diesen Patrick hereinfallen oder ist das Böse immer so anziehend? In seiner Nähe bekomme ich ständig Gänsehaut, und mich fröstelt ein wenig", unterbrach Jack.

Plötzlich hielt Hannes sein Gefährt an, drehte sich zu Jack und schaute ihm tief in die Augen. Der Blick und die Haltung des alten Mannes waren so eindringlich, dass selbst Stuart die Ohren anlegte und etwas kleiner wurde, er leckte sich verlegen die Schnauze und brachte ein vorsichtiges langgezogenes Jaulen zu Gehör.

„Jack, ich kenne diesen Patrick nicht persönlich und ich kann mir auch kein Urteil über ihn erlauben. Allerdings wird es langsam Zeit, dass du dich durchsetzt und zeigst wer du bist. Du hast deine Stärken und sowohl dein Geist, als auch dein Herz wollen nur Gutes. Du brauchst dich nicht verstecken. Das Gute auf dieser Erde sollte sich ohnehin nicht länger im Verborgenen halten. Es wird Zeit, dass es erwacht und zeigt wie mächtig es ist. Übrigens wurde das Böse schon vor langer Zeit aus Friesland vertrieben. Also, lass nicht zu, dass es hier wieder Fuß fassen kann."

Die Miene des alten Mannes war zugleich besorgt, aber auch zuversichtlich. Für einen Moment war Stille in Minnas Führerhaus. Hannes Blick war ganz fest und entschlossen, dann wuschelte er Jack freundschaftlich durch die Haare und setzte mit großer Anstrengung das Gefährt wieder in Bewegung. Er fuhr mit seinen Erklärungen fort.

„Hör mir zu, Jack! Ist dieser Patrick ein bösartiger Mensch, so hat er die Macht und Möglichkeiten, andere Wesen entsprechend zu beeinflussen, insbesondere, wenn sie einen schwachen Charakter haben. Kein Wesen dieser Erde ist aus sich selbst heraus böse. Wie sagt man immer so schön? Wie der Herr, so's Gescherr. Ist dieser Patrick also das Böse, so wird er sich sein Gefolge suchen."

„Ja, aber das kann man doch nicht so einfach hinnehmen, es können doch nicht alle Menschen schwach sein und der Rest kann doch auch nicht einfach daneben stehen und zuschauen oder wegrennen", empörte sich Jack.

„Nein, nein, das sollst du ja auch nicht. Das Einzige, was Böses überwinden kann, ist Güte und vor allen Dingen Liebe. Beides besitzt du. Begegne diesem Wesen damit, und sei vor allen Dingen stark. Das einzige was dir noch fehlt, ist Stärke. Sag einfach „Ja" zu dir selbst und du wirst auch jemandem wie Patrick etwas entgegensetzen können."

„Wo wir gerade dabei sind. Kannst du mir erklären, was es bedeutet, wenn ich von einem Chorraum mit vier Türen träume, ihn durch eine der Türen verlasse und von dort aus in ein Nichts stürze?"

Der alte Mann hinter dem großen Lenkrad reagierte nicht sofort und so blieb er die Antwort fast noch schuldig, als sie bereits die Kirche in dem kleinen Dorf erreicht hatten. Erst als Jack ausstieg, antwortete Hannes.

„Träume den Traum, habe keine Angst und du wirst erleben, was du erleben musst. Aber träume nie zwanghaft, vor allen Dingen, erinnere dich immer daran, wohin du gehörst. Pass auf, welchen Weg du bei deinen Träumen wählst. Und Jack: Kopf hoch! Soll ich dein Rad auf dem Hof einfach abladen?"

„Das wäre wirklich nett von dir. Tschüss... und danke!"

Jack schlug die schwere Lastwagentür zu. Er blieb noch eine Weile am Tor der kleinen Backsteinkirche im Dorf stehen.

Obwohl Frederike auf der gegenüberliegenden Straßenseite bereits seine Ankunft ungeduldig erwartete, ließ er es sich nicht nehmen, einen Blick auf das neunhundert Jahre alte Gemäuer zu werfen. Hannes wendete den Lieferwagen und aus dem Fenster winkend entfernte er sich. Ein wenig wirr klang das schon alles, was der alte Mann ihm mit gewichtigen Worten während der Fahrt gesagt hatte und sehr viel klüger war Jack nun auch nicht. Dennoch spürte er eine gewisse Entschlossenheit.

Erst einige Augenblicke später löste Jack sich von seinem Gedanken und überquerte die Straße. Frederike, die ihm bereits erwartungsvolle Blicke zuwarf, merkte zunächst kurz und knapp an:

„Ganz schön komischer Kauz, dein Hannes!"

„Aber ein liebevoller und dazu auch noch sehr weiser Kauz. Er ist eine Art Ersatz für meinen verstorbenen Vater geworden. Es gibt nichts, was er nicht über mich weiß. Ihm vertraue ich eigentlich alles an. Wollen wir uns bei Bäcker Hinze einen Kaffee und ein Stück Kuchen gönnen? Dabei lässt es sich auch gut plaudern."

Gesagt, getan. Die beiden verschwanden in der wohl duftenden Bäckerei und Meister Hinze begrüßte Jack gebührend.

*„Na, Jack! Ook mol wedder in Land? Büst jo een rechten Kerl worn. Wat givt dat nieges uut de Hansestadt?"

„Eigentlich nicht viel, alles beim Alten. Kannst du uns mal zwei Kaffee und zwei Stück von deinem besten Kuchen servieren?"

---

* „Na, Jack! Auch mal wieder im Lande? Bist ja ein richtiger Mann geworden. Was gibt es Neues aus der Hansestadt?"

*„*Dat will ick man doun, mien Jung!*"

Als der wohl riechende Kaffee mit der Spezialität des Hauses serviert wurde, strahlte Jack und Frederike schaute fragend.

„Was ist das?"

„Qualle auf Sand", kam von Bäcker Hinze.

„Sieht aber gut aus, wird mir bestimmt schmecken", versicherte sie skeptisch und probierte dieses aus Sahne, Obst und Kuchenkrümeln bestehende Dessert. Dabei schaute sie Jack voller Sehnsucht in die Augen. Sein Blick war unentschlossen und nervös. Er wusste nicht so recht, wie er sich ihr verständlich machen sollte.

„Frederike", stammelte er zunächst unbeholfen, „ich muss dir etwas sagen, ich weiß nur noch nicht wie."

„Ja?", erwiderte sie erwartungsvoll, „du kannst mir ehrlich sagen, was dich bewegt."

„Nun, was vorhin nach meinem Missgeschick war, empfand ich schon als sehr angenehm und es ist für mich ja auch ein völlig neues Gefühl. Nur geht es mir alles ein wenig schnell."

„Wie meinst du das? Es waren doch bloß ein paar Küsse."

„Das meine ich eben. Wir wissen doch noch gar nichts voneinander. Du weißt nichts über mich und ich habe noch nichts über dich erfahren. Meinst du nicht, dass wir uns noch ein wenig Zeit lassen sollten?"

---

* „Das will ich mal tun, mein Junge!"

„Wieso braucht man für Gefühle Zeit? Entweder empfindest du für mich etwas oder nicht. Über die Liebe muss doch nicht erst großartig nachgedacht werden. Aber wenn es dich beruhigen sollte, so erzähle ich dir gerne alles über mich.“

„So meine ich das nicht. Bisher waren wir nichts weiter als Studienkollegen. Haben lediglich miteinander gelernt oder auch einmal eine Party gefeiert, aber mehr auch nicht. Von einem Moment auf den anderen sollen wir jetzt ein Liebespaar sein?“

„Warum nicht? Wovor hast du Angst? Indem man ewig darauf wartet, dass der andere den ersten Schritt macht, wird niemals etwas zustande kommen. Ich jedenfalls bin nicht der Typ, der erst einmal Tag für Tag über seine Gefühle reden muss, bis nichts mehr vorhanden ist.“

„Ich bin aber noch nicht soweit. Bitte hab dafür Verständnis und wenn du für mich das empfindest, wovon du eben gesprochen hast, wirst du mir diese Zeit geben, ansonsten wäre die Liebe paradox.“

Während des intensiven Gesprächs nahmen beide die vielen Kunden, die aus und ein gingen, überhaupt nicht wahr. Der eine oder andere grüßte sogar, aber der Gruß wurde von ihnen nur mehr oder weniger bewusst erwidert. Nachdem ihre letzten Worte verstummt waren, standen sie noch eine Weile an dem runden Bistrotisch und sagten zunächst einmal nichts, sondern schauten sich nur an. Die Teller und Tassen hatten sich inzwischen geleert und Bäckermeister Hinze unterbrach nur ungern die Zweisamkeit, aber er tat es:

„Dörf dat nocht wat ween, för ju beiden?"

„Huch, nein. Eigentlich nicht", entgegnete Jack mit einem Blick auf die Uhr, „ich glaube es ist Zeit aufzubrechen. Shean und Hanna werden sich bestimmt schon Sorgen machen."

„Oh ja! Meinen Strandbesuch muss ich wohl verschieben. Aber heute ist ja nicht aller Tage Abend."

Sie verabschiedeten sich und gingen noch gemeinsam ein Stück bis zur großen Kreuzung, wo sich ihre Wege trennen mussten. Erwartungsvoll sah Frederike Jack an, allerdings konnte er noch nicht erwidern, was sie sich erhoffte. Aus dem Dorfkrug an der Ecke dröhnte die Musik aus der Musikbox herüber, und Männer unterhielten sich laut. Der typische Kneipengeruch, ein Gemisch aus Rauch und Bier, zog über den Weg. Bauer Spreckelsen kam aus der Kneipe. Er hatte offensichtlich ein wenig zu tief ins Glas geschaut. Beiläufig lallte er:

**„Na, jie beiden Sööten?"*

Frederike und Jack beachteten ihn nicht und er ging die breite Dorfstraße in Richtung Kirche weiter. Ein Bauer des Nachbardorfes, der gerade mit seinem Trecker angefahren kam, hupte einmal kurz, weil Spreckelsen die Straße wohl als ein wenig eng empfand.

„Ich glaube, es wird Zeit, dass wir uns nun voneinander verabschieden, bevor sich noch mehr

---

* „Darf es noch was sein, für Euch zwei?"
** „Na, Ihr beiden Süßen?"

Bauern über uns lustig machen", gab Frederike etwas melancholisch zu verstehen.

„Du hast wohl recht. Sei nicht zu traurig, aber ich bin nicht ganz so schnell wie du."

„Aber zuviel Zeit solltest du dir wiederum auch nicht lassen, Jack Hampton."

Sie setzte ihren Helm auf und verabschiedete sich, indem sie kurz winkte. Die Tränen in ihren Augen waren kaum zu übersehen. Sie entfernte sich mit ihrem Motorroller langsam und wurde immer kleiner, bis sie am Horizont nur noch als ein kleiner Punkt zu erkennen war. Jack stand noch eine Weile mit den Händen in den Taschen an der Kreuzung und schaute leidvoll hinterher. Dann machte auch er sich auf den Weg.

Lustlos schlenderte er dahin. Seine Gefühle zu Frederike spielten ihm einen Streich. Einerseits waren die Empfindungen für sie schon sehr stark und andererseits gingen sie aber noch nicht so weit, dass er ihre Zuneigung hätte erwidern können. Und da war auch noch die Angst, Frederike durch die Zurückweisung derart verletzt zu haben, dass sie mit ihm nichts mehr zu tun haben wollte.

Dabei musste er an seine Jugendfreundin Jule denken. Ihr versprach Jack damals alles und er hätte sie sicherlich auch geheiratet, wenn sie gewollt hätte. Aber Jule wollte leider nicht, und irgendwann sagte sie ihm, dass sie einen anderen lieben würde. Damals war Jack derjenige, der sehr traurig war und ihm schossen noch Jahre später Tränen in die Augen, wenn er an sie dachte. Er war aber nie böse auf Jule, denn sie war trotz alledem fair und ehrlich zu ihm gewesen. Gerne hätte Jack sie jetzt bei sich gehabt, nur um mit ihr zu reden und um Rat zu fragen.

Auf dem Lande

Zu der kleinen Gemeinde des Ortes, in der nahezu eintausend Menschen lebten, gehörten eine ganze Reihe von Haubargen, eine Hausform, die nur auf Eiderstedt zu finden war. Eingeführt wurde dieser Baustil vor etwa vierhundert Jahren von holländischen Siedlern. Es gab nur noch wenige dieser wuchtigen Bauernhäuser. Eines besaß Jacks Onkel Shean. Es war zwar einer von den kleineren Haubargen dennoch betrug seine Grundfläche noch immer ganze siebenhundert Quadratmeter. Schon von weitem konnte man das schneeweiße, mit Reet gedeckte wuchtige Gebäude erkennen.

Das allerdings sagte noch nichts über die weitere Dauer des Fußweges aus. Jack hatte das Ziel schon lange vor Augen, aber der Weg wurde länger und länger. Rechts und links nichts als Schafe, so weit das Auge reichte. Der Wind, mit dem einsetzenden Regen, peitschte in sein Gesicht und er glaubte schon nicht mehr so recht daran, jemals anzukommen.

Da war von hinten ein vertrautes und durchdringendes Geräusch eines Treckers zu hören. Es war der alte Hanomag vom Hof. Jack drehte sich um und sah auf dem Bock seinen Onkel sitzen, der aus Richtung des Ortes gefahren kam. Sein Gesichtsausdruck verriet nicht gerade Begeisterung. Shean Hampton bewirtschaftete einen mittelgroßen Bauernhof mit Schaf- und Rinderzucht, dazu gehörten einige Hektar Getreideland. Während der Sommermonate beschäftigte er Saisonarbeiter und zu denen gehörte zur Zeit auch Jack, der sich für sein Sommerseminar und eine kurze Studienreise nach Schottland ein paar Taler dazu verdienen wollte. Bauer Hampton war, was die Arbeit auf seinem Hof anging, sehr genau und das machte die Zusammenarbeit mit ihm so manches Mal ein wenig anstrengend. Das bekam sein Neffe bisweilen zu spüren, zumal er in vielerlei Dingen eher von studentischer Leichtigkeit war. Der alte Schotte Shean war ein netter Mensch, aber Jacks Unzuverlässigkeit trieb ihn fast in den Wahnsinn, und das war ihm jetzt deutlich anzusehen. Er hielt den Trecker an und gab mit kräftiger Stimme kurze, strenge Anweisungen. Jack wusste, was Sache war.

„Aufsteigen, aber zackig!"

Obwohl Shean seit seiner Jugend in Deutschland lebte, hat er den harten schottischen Akzent nie verloren, und der verlieh dem Befehl eine besondere Schärfe. Die Fahrt wurde nach kurzem Zwischenstopp fortgesetzt, ein Wunder eigentlich, dass Jack nicht während der Fahrt aufspringen musste.

„Was denkst du dir eigentlich? Wir hatten eine Abmachung und ich erwarte von dir, dass du dich daran hältst. Bereits vor einigen Stunden hat Hannes dein Rad auf dem Hof abgegeben. Aber ohne dich. Meinst du, dass sich die Arbeit von selbst erledigt? So kommst du jedenfalls nicht zu Geld.“

Das war in den meisten Fällen das Anfangsplädoyer. Jacks Onkel versuchte die offensichtlich fehlende väterliche Erziehung zu übernehmen. Allerdings machte er sich durch derartige Standpauken bei seinem Neffen nicht besonders beliebt, immerhin war er kein Kind mehr. Die Antworten waren häufig auch dementsprechend.

„Ich dachte eigentlich, dass ich die Arbeiten freiwillig mache und ich ging davon aus, mir die Zeit selbst einteilen zu können.“

„Wie du redest! Zeitliche Einteilung hin und Freiwilligkeit her! Die Arbeit muss einfach getan werden und da muss ich mich auf dich verlassen können“, entgegnete Shean aufgebracht und bog auf dem Feldweg zum Hof ein.

Typisch ländlicher Duft, ein Gemisch aus frisch gemähtem Heu und Stallgeruch, stieg auf. Sie fuhren an die Südseite des Haubargs, wo sich der Wohnbereich befand, also die Schlafräume, die

Wohnstube und die große Küche. Ein paar vor dem Eingang herumpickende und sich in der Sonne badende Hühner liefen gackernd auseinander, als der Trecker herannahte und abgestellt wurde. Mit ein paar kräftigen, schüttelnden und rüttelnden Geräuschen und Bewegungen, verstummte das ungeheure Gefährt endgültig und Shean, eine kräftige Erscheinung, erhob sich vom Sitz. Jack ließ seinen Blick beim Absteigen vom Trecker noch einmal über die grünen Weiden bis zum Ende des Horizonts gleiten, wo bereits der Deich begann. Sie gingen auf direktem Weg in die Küche. Dort fand eigentlich das gesamte Leben der Hamptons statt. Das war keine Eigenart dieser Familie, sondern auf Bauernhöfen so üblich. Das Wohnzimmer wurde nur an Festtagen benutzt.

Beide wurden auch schon sehnsüchtig vom Rest der Familie erwartet. Hanna, Jacks Tante, stand am Herd und rührte in einem großen Topf eine heiße Suppe. Shean suchte auf direktem Wege den Kühlschrank auf, um sich ein Bier zu holen. Seine Frau schätzte das vorzeitige Biertrinken gar nicht und sie ermahnte ihn:

„Shean Hampton! Kannst du nicht warten, bis das Essen auf dem Tisch steht?"

Die kleine Tochter, Innes, konnte kaum über den schweren Holztisch schauen, aber sie war bereits eifrig dabei, das eine oder andere Stück Brot zu zerbröseln. Der Fußboden unter ihr war schon mit Krümeln übersät. Das war aber alles nicht so schlimm, denn die Küche durfte ein wenig schmuddelig sein, und außerdem gab es immer ein bis zwei Kaninchen im Haus, die als Staubsauger tätig waren.

Jack war gerne bei dieser Familie. Das Stadtleben in Hamburg war zwar auch sehr aufregend, aber auf dem Hof an der Küste fühlte er sich wohl, auch wenn Shean manchmal etwas strikt in seinen Ansichten war. Seine Tante drückte ihrem Neffen einen liebevollen Kuss auf die Stirn. Sie war ein herzensguter Mensch und empfing jeden Menschen mit offenen Armen.

„Na Jack, hast du Dein Tagwerk geschafft? Aber sage mal, warum kommst du erst so spät und wer hat dich so zugerichtet? Was ist passiert? Zeig mal her!“

Fürsorglich begutachtete Hanna die Wunden.

„Ist schon gut, Tantchen, alles halb so schlimm“, wehrte Jack ab.

„Ich finde das schon schlimm!“

Nun mischte sich aus dem Hintergrund auch Shean ein.

„Halt den Jungen nicht lange im Schnack auf! Er muss zügig auf den Deich zu den Schafen. Seine Arbeit erledigt sich nämlich nicht von selbst.“

„Nun aber langsam mit den wilden Pferden Bauer Hampton. Zunächst essen wir gemeinsam und wir hören uns an, was Jack zu sagen hat. Sei nicht immer so grobschlächtig, du hast nicht einen deiner Feldarbeiter vor dir.“

Shean brummelte vor sich hin, zog einige Male an seiner Pfeife und fügte sich dem, was ihm seine

Frau unzweideutig auf den Kopf zu sagte. Hanna stellte den wuchtigen Topf in die Mitte des Küchentischs.

„So, nun langt zu, bevor es kalt wird und du machst deine Pfeife aus. Beim Essen wird nicht geraucht."

Noch während des Satzes wurde dem Hausherrn das Rauchwerk aus dem Mund genommen und beiseite gelegt. Der war so verdutzt, dass ihm der Widerspruch im Halse stecken blieb. Es gab einen kräftigen Eintopf, so wie man es auf dem Lande kennt.

„Jack, nun erzähle uns mal, was vorgefallen ist", wollte Hanna wissen.

Mit knappen Sätzen erzählte Jack, was sich auf der Landstraße zugetragen hatte. Eigentlich wollte er es gar nicht zum Thema machen, aber da seine Tante nicht locker ließ, blieb ihm keine andere Wahl. Shean interessierte das eher weniger, was er auch durch entsprechende Mimik zu seiner Frage deutlich machte:

„Und wo warst du die ganze Zeit?"

„Das ist nun völlig unwichtig. Viel entscheidender ist, wie man solchen Unholden das Handwerk legen kann", erwiderte Hanna.

„Wieso wollen wir uns da einmischen?", wehrte ihr Ehemann ab, indem er mit dem Esslöffel in der Luft umherfuchtelte, als wollte er das Thema vom Tisch fegen.

„Lasst nur gut sein", mischte sich Jack ein, „ich will diese Angelegenheit selbst regeln. Ich werde meinem Studienkollegen klar machen, dass er seine Boshaftigkeit weder an mir noch an anderen auslassen kann. Das ist der richtige Weg, nur so wird er es verstehen.“

„Aber Jack, du willst doch wohl nicht!“, empörte sich Hanna.

„Doch ich werde, ich will diesem Menschen endlich zeigen, dass ich Jack Hampton bin! Ich bin doch nicht weniger wert als dieser boshaft denkende und handelnde Patrick, oder?“, fiel Jack seiner Tante ins Wort.

Shean erhob mittlerweile interessiert seinen Kopf. Ihm schien die völlig neue Einstellung seines Neffen zu gefallen und er versuchte ihn zu bestärken.

„Das finde ich gut und du solltest dich davon nicht abbringen lassen, Jack!“

„Ja, ja, Shean, das war klar, dass von deiner Seite derartige Bemerkungen kommen. Aber wer weiß, worauf der Junge sich einlässt“, ermahnte ihn seine Frau.

„Aber nur so kann der Junge erhobenen Hauptes und gestärkt aus dieser Situation heraus kommen. Er ist doch kein Muttersöhnchen.“

„Du mit deinen heldenhaften Tipps. Hat man ja gesehen, was deinem Bruder damals passiert ist. Geholfen hat es niemand, und Jack hat dadurch nie einen richtigen Vater gehabt.“

„Jetzt wirst du aber unsachlich!“

„Hört auf, euch zu streiten. Das bringt uns alle nicht weiter“, mischte sich Jack nun in das Gespräch ein.

„Es ist aber auch nicht der richtige Weg, dass man immer nur wegschaut und alles über sich ergehen lässt, in der Hoffnung, selbst in Ruhe gelassen zu werden. So stärkt man nur das Böse und das Unrecht in unserer Gesellschaft, nichts wird dadurch besser. Irgendwann wird das Gute und Gerechte derart unterdrückt sein, dass es nicht mehr atmen kann.“

Alle starrten ihn an, sogar Innes hatte aufgehört, das Brot zu zerkrümeln. Diese entschlossenen Worte hatte niemand von ihm erwartet. Niemand traute sich so recht, daraufhin noch etwas zu entgegnen, und so blieben diese nachdrücklichen Worte im Raum stehen. Jack erhob sich, um sich auf den Weg zu den Schafen zu machen, damit die von seinem Onkel so oft erwähnte Arbeit endlich erledigt wurde.

„Ich mach mich dann auf den Weg. Vielen Dank für die gute Suppe und macht euch keine Sorgen um mich, ich komme schon klar.“

Wie immer fuhr er mit dem alten Trecker zu den Schafen am Deich. Der Hirtenhund Paddy war mit von der Partie. Dieser aufgeweckte und gut ausgebildete Border Collie war ein waschechter, aus Irland stammender Hirtenhund, der für das Hüten von Schafen ausgebildet worden war. Ohne viel Worte verstand dieses kluge Tier, was von ihm erwartet wurde. Jack brauchte lediglich zu pfeifen und Paddy sprang mit einem Satz auf das landwirtschaftliche Gefährt. Einmal durch das weiche Fell gestreichelt und sie waren das beste Team für die bevorstehende Aufgabe. Gemeinsam trotzten sie dem Küstenwind und fuhren hinter den Hauptdeich, wo die großen Schafherden weideten.

Dort angekommen, setzte sich Jack erst einmal auf die Deichkrone. Von dort aus konnte er die Aussicht über das weite, flache Land mit den satten grünen Weiden und das Wattenmeer richtig genießen. Der Salzgeruch des Meeres, das Kreischen der Möwen und das Blöken der Schafe, bildeten den entsprechenden Rahmen für diesen Ausblick. Paddy lag aufmerksam neben ihm und wartete auf sein Zeichen. Allerdings musste sich der Hirtenhund noch ein wenig in Geduld üben.

Träume sind keine Schäume

Jack fühlte sich auf den Schafweiden am Deich wohl. Mittlerweile hatte die Sonne wieder einen Platz am Himmel gefunden und erwärmte mit ihren Strahlen die Seelen. Genau die richtige Stimmung, um in einen Traum zu gleiten. Hannes Worte, seine Träume zu träumen und sich nicht dagegen zu wehren, waren gegenwärtig.

Um ihn herum rückte das Blöken der Schafe und Kreischen der Küstenvögel mehr und mehr in die Ferne und sein Traum nahm Konturen an.

Jack fand sich in Schottland wieder und er stand am Rande einer Lichtung bei Pitgaveny. Undurchsichtiger Nebel umhüllte ihn und hinter ihm tat sich ein dichter Wald auf. Die Atmosphäre war unheimlich und es war kalt, so dass er Gänsehaut bekam. Aus den Augenwinkeln heraus glaubte er wahrnehmen zu können, dass sich rechts und links von ihm die Bäume bewegten und aus dem Blätterwerk hörte er flüsternde Stimmen.

Was passierte da? War es ein fauler Zauber oder war es einfach nur eine Einbildung, die sich in den Wirren seines Traumes ausbreitete? Zunächst machte sich bei ihm der Zweifel breit und er hätte gerne diesen Traum verlassen. Aber eine Neugier auf das, was da kommen mag, hielt ihn davon ab, diesem Ort zu entfliehen.

Aus dem Nebel heraus hörte Jack Reiter herannahen. Stimmen hallten über die Lichtung:

„Haaaalt! Haaalt! Ausrichten! Sichert zu den Seiten ab!"

Mehrmals wurden die Befehle wiederholt, dann war Stille. Jack hörte nur das Schnauben der Pferde. Im Nebel konnte er dunkle Schatten erahnen, aber nichts Genaues erkennen. Diese angespannte Situation blieb für einige Momente erhalten und es veränderte sich nichts. Wie versteinert stand Jack am Waldrand und wartete ab.

Bis von links und rechts aus dem Blätterwald Rufe von einem Raubvogel ertönten. Aber nein, was war das? Es war ein Signal, das aus den sprechenden und beweglichen Bäumen plötzlich Soldaten mit Schwertern und Schilden werden ließ, die mit lautem Kriegsgeschrei auf die Lichtung stürmten. Die unwissenden Reiter im Nebelfeld wurden unruhig, und ihre Rufe waren voller Angst. Lautes und scheues Schnauben, Geräusche von aufstampfenden Hufen hallten zum Waldrand herüber. Was dann geschah, konnte man nur erahnen.

Schwertklingen trafen klirrend aufeinander, dumpf prallten Körper auf den Boden und von Schmerzen verzerrte Stimmen hallten über das Feld. Der Kampf war heftig und die Übermacht der Angreifer schien erdrückend zu sein.

Jack musste sich fast übergeben, noch nie zuvor hatte er so hautnah eine vernichtende Szene wie diese erlebt. Obwohl er am liebsten weggerannt wäre, zog es ihn in die Richtung des Geschehens. Langsam bewegte er sich auf das Schlachtfeld zu. Geruch von Blut zog in seine Nase. Der mittlerweile rot gefärbte Nebelschleier verzog sich. Man könnte meinen, er hätte die Farbe des vergossenen Blutes angenommen. Es war aber die aufgehende Sonne, die der Szenerie diesen blutigen Anstrich verlieh. Nachdem sich der Schleier vollständig beiseite geschoben hatte, tat sich vor Jacks Augen ein Bild der Vernichtung auf. Das Böse hatte hier seinen Auftritt gehabt und ganze Arbeit geleistet.

Überall lagen von Blut überströmte leblose Körper und die Kämpfe waren noch nicht beendet. Nun wurde Jack die Situation klar. Es musste der 14. August 1040 sein, und Duncan I., König von Schottland, war auf dieser Lichtung mit einer kleinen Schar getreuer Soldaten zu einem Treffen erschienen. Der Provinzialfürst Macbeth nutzte diese Zusammenkunft allerdings für einen Hinterhalt und ließ die kleine Gruppe regelrecht überrennen. Zwar traf er auf heftige Gegenwehr, aber auf eine Schlacht dieser Größenordnung und einen Hinterhalt war niemand vorbereitet. Die Anzahl der tapferen Verteidiger war mittlerweile schon so dezimiert, dass Duncan schutzlos auf dem

Schlachtfeld hoch zu Pferde saß. Macbeth ritt mit seinem Streitross auf ihn zu. Mit dem Schwert schlug er auf den schutzlosen König ein, der nur ein kleines Schild und sein repräsentatives Schwert mit sich führte. Doch seine Kampfeskunst und der Drang zum Überleben reichten aus, um dem ersten Angriff standzuhalten. Zwar stürzten beide vom Pferd, aber sie standen sich unverzüglich wieder gegenüber und es entbrannte ein heftiger Kampf von Angesicht zu Angesicht. Der durchdringende Klang der aufeinander treffenden Schwerter hallte über die Lichtung. Mit Hass erfüllter Miene schlug Macbeth auf die schützende, aber stumpfe Waffe des Königs ein.

Jack stand am Rande des Schlachtfeldes und fragte sich, wie ein Mensch so viel Abneigung gegen einen anderen entwickeln konnte. Da er sich aber in der schottischen Geschichte auskannte, wusste er, dass dieser Hass nur Ergebnis eines jahrelang unterdrückten Empfindens sein konnte, das in Macbeth schon lange brodelte. Der Grund dafür war die unrechtmäßige Thronfolge. Duncan war lediglich Enkel des damals dahingeschiedenen schottischen Königs und es waren eigentlich Macbeths Söhne, die einen Thronanspruch hatten.

Duncan konnte sich selbst mit dem stumpfen Schwert ungewöhnlich gut verteidigen. Jack, der bisher lediglich die Beobachterrolle eingenommen hatte, wurde zunehmend unruhig. Er wollte plötzlich nicht mehr nur beobachten, nein, es verlangte ihn, in das Geschehen einzugreifen. Ihm zu Füßen lag das große und kräftige Schwert eines gefallenen Soldaten. Jack ergriff es und wollte es aufheben, um es dem König als angemessene Waffe zuzuwerfen. Das Gewicht überwältigte ihn zunächst beinahe. Mit allen ihm zur Verfügung stehenden Kräften schleuderte Jack das Schwert in Duncans Richtung. Wie durch ein Wunder drehte dieser sich gerade um seine eigene Achse, um einem Angriff auszuweichen, sah das durch die Lüfte fliegende Schwert und fing es mit der rechten Hand auf, aus der gerade seine stumpfe Waffe zu Boden fiel. Als hätte der Monarch durch dieses Schwert neue Kraft und Mut gewonnen, kämpfte er nun wie ein Held, zwang seinen Gegner mit gezielten Hieben zu Boden. Macbeth kniete auf dem Blut getränkten Boden. Sein Schwert lag kraftlos in der rechten Hand, als der schottische König zum alles entscheidenden Stoß ausholte.

Plötzlich, wie aus dem Nichts, stand neben dem geschlagenen Provinzialfürsten eine Gestalt, umhüllt von Nebelschwaden. Als würde durch diese Erscheinung die Zeit angehalten werden, geschah das Weitere wie in Zeitlupe. Achtung gebietend und so, als würde von nun an alles in der Macht dieser Gestalt stehen, drehte sie ihren Kopf zu Jack, und mit starr leuchtendem, ja fast vernichtendem Blick grinste sie ihn an. Jack gefror fast das Blut in den Adern, er mochte es nicht glauben, aber es war Realität, diese Gestalt und der Gesichtsausdruck waren ihm wohl bekannt: Es war Patrick, der sich dort in das Geschehen einmischte. In der Bewegung des bis zu diesem Zeitpunkt überlegenen Monarchen, ergriff er das Schwert aus Macbeths kraftloser Hand und stieß es in Duncans Herz. Wie vom Blitz getroffen schnellte dessen linke Hand zum Brustkorb und er hielt plötzlich inne. Das Schwert fiel aus seiner anderen Hand zu Boden. Sein Körper sackte zusammen und er kniete vor Macbeth, um ihm ungläubig ein letztes Mal ins Gesicht zu blicken. Dann fiel er vorn über und blieb bewegungslos vor seinem Peiniger liegen. Patrick sah das ganze Schauspiel mit Wohlgefallen, warf Jack noch einen triumphierenden Blick zu und wandte sich dann ab, um wieder im Nichts zu verschwinden.

Wenige Sekunden lang, die wie eine Ewigkeit schienen, passierte überhaupt nichts. Kein Windhauch bewegte die Blätter der Bäume, kein Tier gab auch nur einen Laut von sich und die Soldaten hatten sich stumm um diesen Ort der Tragödie gruppiert. Bis Macbeth den erschlafften Körper des Königs umdrehte, sein Schwert herauszog, um es am ausgestreckten Arm dem Himmel zu präsentieren. Wie eine Welle breitete sich das Siegesgejohle unter den Soldaten aus. Was für ein Sieg, ein kleines königliches Gefolge von wenigen Soldaten mit einer Übermacht und dem Teufel im Bunde zu überrennen! Mit Entschlossenheit, aber doch vom Kampf gezeichnet und geschwächt, bestieg Macbeth sein Ross und entfernte sich mit seinen Truppen wie ein dunkler Schatten vom Schlachtfeld.

Jack stand noch immer ungläubig da und mochte kaum glauben, was sich vor wenigen Minuten dort abgespielt hatte.

Eine unheimliche Stille machte sich über den Gefallenen breit und mit ihr kam die Verzweiflung,

52

die Jack überwältigte. Während er in sich zusammensackte und niederkniete, barg er sein Gesicht in seinen Händen und begann bitterlich zu weinen. Er konnte das, was er gesehen hatte, nicht glauben und wollte das Resultat des Ganzen nicht mehr vor Augen haben. Immer wieder stellte er sich die Frage:

„Warum? Wieso musste das geschehen? Warum konnte ich es nicht verhindern?"

Eigentlich konnte er sich die Frage aber auch selbst beantworten. Der Schlüssel zum Geschehen war Patrick, nur er konnte die Ursache des Bösen sein.

Jack sammelte all seine Kräfte und eilte zu dem schwerverletzten König. Von allen Richtungen kamen überlebende Soldaten der Schutzgarde, die der Übermacht gewichen waren und sich im dichten Wald verschanzt hatten. Die Verletzungen des Regenten waren sehr schwer. Der geschwächte und blutüberströmte Körper wurde auf eine provisorische Trage gelegt und abtransportiert. Eine Weile begleitete Jack den Zug des Geleitschutzes und er hörte immer wieder von den Soldaten:

„Es war ein Hinterhalt. Die Übermacht war so ungeheuerlich, dass wir keine Chance hatten. Damit hat niemand gerechnet!"

Die Geräusche aus seinem Traum wurden immer leiser, und die Bilder verschwammen in der Ferne. Schweißgebadet und schockiert wachte Jack mit hektischen Bewegungen auf dem Deich auf, so dass Paddy mit eingezogenem Schwanz hochgeschreckt war und verlegen schaute. Sogar einige in der Nähe weidende Schafe liefen auseinander. Es dauerte eine ganze Weile, bis Jack sich erholte und in der realen Welt wieder zurecht fand. Nachdenklich begann er die Schafe zusammenzuführen. Sein Handeln war allerdings konfus und ziellos. Wäre Paddy nicht dabei gewesen, so hätte er die Anzahl schätzen müssen. Mit seiner Zählkunst war es nicht weit her, seine Gedanken waren ganz woanders. Inzwischen setzte die Dämmerung über den Feldern und Wiesen ein.

Es war dunkel, als Jack auf dem Hof ankam und er wurde bereits von seinem besorgten Onkel erwartet.

„Was war los? Hat etwas mit den Tieren nicht geklappt? Jack, du siehst ja aus, als wäre dir der Tod persönlich begegnet", stellte Shean fest.

„Ja, ist mir auch", entgegnete Jack beiläufig und verschwand ohne weitere Kommentare im Haus.

Er lag noch lange grübelnd auf seinem Bett und versuchte die vielen Eindrücke des Tages zu ordnen. Allerdings hatte er Schwierigkeiten, das Erlebte in irgendeiner Form zu verarbeiten. Die halbe Nacht wälzte er sich von einer Seite auf die andere und konnte nicht schlafen. Was sollte er bloß machen, wenn ihn wieder derartige tagträumerische Phantasien überfallen würden?

Jack schlief nur kurz und traumlos. Gerädert begann er den neuen Tag. Appetitlos und lustlos saß er am Frühstückstisch und nahm seine Umgebung kaum wahr. Die gewohnten Worte seiner Tante hörte er überhaupt nicht.

54

Widerwillig machte Jack sich auf den Weg, um den nächsten Seminartag zu überstehen. Anders konnte man es nicht bezeichnen, denn eher kraftlos radelte er über das platte Land. Als fahrbaren Untersatz konnte er für den heutigen Tag Hannas Rad ergattern. Zwar war es für ihn viel zu klein, aber der Drahtesel war zuverlässig und als Fortbewegungsmittel akzeptabel. Kurzum, Jack sah auf dem Gefährt mehr als lächerlich aus, da die Größenverhältnisse nicht unbedingt zusammenpassten.

Es war frisch auf der Eiderstedter Halbinsel und ihn fröstelte es ein wenig. Die Sonne stand recht tief am Horizont und ihre Strahlen wärmten noch nicht so richtig. Das störte Bauer Spreckelsen nicht im Geringsten. Er war bereits auf einer seiner Wiesen, um sie zu mähen. Den jungen Studenten nahm er dennoch wahr und grüßte nach dithmarscher Manier beiläufig.

Jack erreichte gerade noch rechtzeitig zum Seminarbeginn das Gut. Während der Vorlesung bemerkte er, dass die letzte Nacht nicht besonders erholsam für ihn war. Er ertappte sich immer wieder dabei, wie seine Augen zufielen, für ein paar Streichhölzer hätte er alles gegeben.

Mit dunklen Augenrändern saß er auf seinem Platz am Fenster und er bemerkte nicht einmal, dass Frederike sich während einer kurzen Pause langsam an ihn heranschlich. Völlig entgeistert schaute Jack sie an, als wolle er fragen, wer bist du denn? Aber das dachte er selbstverständlich nur.

„Hey Jack, du siehst nicht besonders gut aus! Ist alles okay?", sprach sie ihn an.

„Hm... ich habe nur schlecht geschlafen.“

„Also, wenn ich dich genauer betrachte, so möchte ich behaupten, dass du mindestens um zehn Jahre gealtert bist und das ist jetzt kein Scherz.“

„Ja, ja“, murmelte er fast unverständlich vor sich hin, „nach solch einer Nacht und meinen Träumen würdest du sicherlich auch so aussehen.“

Dieser Tag auf dem Gut war für Jack lediglich eine Pflichtveranstaltung und vom Thema bekam er rein gar nichts mit. Seine Leistungsfähigkeit war auf dem Tiefpunkt. Den ganzen Tag schaute er mit leerem Blick an die Wand des Vorlesungssaales und nahm nichts und niemanden wahr.

Von morgens bis abends war es für Jack ein trüber Tag, der ihm nichts anderes als leere Gedanken brachte. Der Himmel war von dunklen, tiefen Wolken verhangen, die ihre feinen Tränen über der grünen Küstenlandschaft ausschütteten. So war auch Jacks Stimmung. Er wusste überhaupt nicht, was und wer für Aufheiterung hätte sorgen können. Mit dem untersetzten Rad trat er den Heimweg an, der kein Ende nehmen wollte. Der kalte Wind saugte ihm regelrecht die Wärme aus dem Körper, und kalte Schauer liefen ihm über den Rücken.

Schon länger hatte er bemerkt, dass Patrick sich näherte. Dieses Mal war er alleine in seinem Auto, das er in Höhe des Rades verlangsamte. Jack schaute in ein bösartiges Gesicht und blitzende Augen, es war derselbe Blick, den er aus dem Traum kannte. Die Kälte, die von ihm ausging, ließ Jack erstarren. Selbst die Natur schien zu verstummen. Jack war sich darüber im Klaren, dass er sich dieses Mal nicht so einfach aus der Affäre ziehen konnte. Das war er sich selbst auch schuldig.

Inzwischen hatte er sein Rad angehalten und sein Gegenüber stand mit seinem Fahrzeug daneben. Beide beobachteten sich stumm, als wollten sie einander abtasten. Auch wenn Patrick dieses Mal ohne sein Gefolge unterwegs war, wirkte er nicht unbedingt weniger bedrohlich. Mit sowohl trauriger als auch gefühlsbetonter Mine begegnete Jack dieser Kälte und versuchte der Situation ein wenig Wärme zu verleihen. Dabei dachte er an die Worte von Hannes.

„Na Jack, bist du nicht ein wenig zu groß für ein Kinderrad? Du scheinst ja heute wieder einmal nicht besonders gut drauf zu sein. Aber das ist ja nichts Neues! Oder steckt dir noch die Begegnung bei Pitgaveny in den Knochen?", eröffnete er mit süffisantem Grinsen und seiner gewohnt überheblichen Art das Gespräch.

Zunächst war Jack schockiert und konnte gar nicht auf Patrick eingehen. Es war also wahr, dass sie sich dort auf dem Feld des Grauens begegnet waren. Aber warum war so etwas möglich? Irgendwie muss es zwischen ihnen eine Verbindung geben, nur welche war es?

„Mich kannst du nicht einschüchtern. Ich kann noch nicht sagen, wie dies alles möglich ist. Aber ich weiß dich mittlerweile einzuschätzen, Patrick Larsson!".

Zwar hatte selbst Jack den Eindruck, dass er eher etwas daherredete, um überhaupt was zu sagen. Es war aber erst einmal ein Anfang.

Patrick setzte sein Fahrzeug in Bewegung und fuhr weiter.

„Adios, Jack, wir seh'n uns und das sicherlich öfter als dir lieb ist, vielleicht sogar schon bald in unseren Träumen", verabschiedete er sich.

Jack blieb noch eine ganze Weile am Straßenrand stehen. Zunächst wunderte er sich, dass Patrick ihn dieses Mal nicht angerührt hatte. Aber schließlich ließ er sich von ihm auch nicht mehr die Butter vom Brot nehmen.

Gleich einem Déjà- vu tauchte Frederike kurze Zeit später mit ihrem Roller auf und fand einen lockeren und heiteren Jack vor, dem sie allerdings ordentlich zusetzte.

„Sag mal Jack, was ist eigentlich mit dir los?", fuhr sie ihn resolut und entschlossen an. „Den ganzen Morgen über ignorierst du mich und fährst dann einfach los, ohne dich von mir zu verabschieden. Meinst du, dass dies der richtige Weg ist, sich kennen zu lernen? Dauernd machst du diesen abwesenden und verträumten Eindruck und keiner weiß dich einzuschätzen, am wenigsten du selbst. Du lässt niemand an dich ran. Ich möchte von Jack Hampton endlich ein wenig mehr erfahren!"

Jack schaute sie während des kleinen Wutausbruchs liebevoll und ein wenig belustigt an. Mit einem Lächeln im Gesicht, nahm er sie in den Arm und gab ihr auf die Wange einen zarten Kuss. Das verwunderte und überwältigte Frederike in jeder Hinsicht. Erleichtert sagte er:

„Schön, dass es dich gibt. Du interessierst dich wirklich für mich und meine Gedanken. Komm, lass uns ein wenig quatschen."

Die beiden setzten sich auf eine Holzbank, die wenige Meter weiter unter einem Baum stand und es störte gar nicht, dass der feine Nieselregen wieder eingesetzt hatte. Die Luft war warm und der Regen eine Wohltat. Schulter an Schulter saßen sie dort in entspannter und wohliger Stimmung. Jack plauderte einfach drauf los, wie sie es bisher nicht von ihm kannte.

„Weißt du Frederike", begann er zunächst noch etwas stammelnd, „seit einiger Zeit habe ich das Gefühl, dass sich in meinem Leben etwas gewaltig verändert. Zunächst waren es nur die Träume, die etwas außergewöhnlich waren, aber von mir nicht gedeutet werden konnten. Nun ist da aber noch die Begegnung mit Patrick. Mittlerweile kommt diese Ausgeburt auch in meinen Träumen vor und wenn ich ehrlich bin, beunruhigt mich das schon ein wenig."

„Was sind das für Träume, die du hast?", fragte Frederike dazwischen.

„Den schlimmsten Traum hatte ich gestern Nachmittag, als ich den Mord von Macbeth an Duncan beobachtete. Eigentlich wäre das ja nicht so bedrohlich gewesen, wenn mir darin nicht Patrick erschienen wäre und er mich nicht heute damit konfrontiert hätte."

„Wie? Patrick weiß von eurer Traumbegegnung?"

„Ja, das ist es eben, was mich besonders beunruhigt und weswegen ich auch ein wenig neben der Spur bin. Irgendetwas verbindet uns miteinander. Ich weiß aber nicht was."

Frederike war sichtlich erschrocken und konnte zunächst erst einmal nichts darauf sagen. Erst nach einiger Zeit entgegnete sie:

„Jack, sag mal, meinst du nicht, dass du ein wenig übertreibst? Das klingt alles ein wenig wie aus der Luft gegriffen und so unheimlich. So etwas ist doch gar nicht möglich."

„Das habe ich bisher auch geglaubt und langsam zweifle ich schon an mir selbst."

Sie nahm Jack in den Arm, drückte ihn fest an sich, so als wollte sie ihn beschützen und flüsterte in sein Ohr:

„Jack, ich glaube dir und ich werde immer bei sein und wenn es nur in Gedanken ist."

Das berührte ihn sehr und er blickte Frederike mit Tränen in den Augen an. Es bedurfte nicht vieler Worte um die Gedanken, die beide in diesem Moment verbanden, wiederzugeben. Eine ganze Weile saßen sie noch auf der Bank, bevor jeder von ihnen seiner Wege ging.

An diesem Abend hielt es Jack nicht lange zu Hause aus. Er schwang sich aufs Rad und wollte gerade vom Hof fahren, als Shean ihn verwundert fragte:

„Jack, was ist los? Wer erledigt deine Arbeit?"

„Tut mir leid, Onkel, aber ich muss dringend mit Hannes sprechen! Ich werde rechtzeitig zurück sein und mich darum kümmern."

Der Weg zu Hannes kleinem Hof war nicht weit. Man brauchte lediglich über ein paar Feldwege fahren und schon war das hübsche Friesenhaus zu sehen, wo der alte Brummbär alleine lebte. In dem kleinen mit einem Reetdach gedeckten Anwesen gab es nur eine Küche und einen weiteren Raum zum Schlafen und Wohnen. Die Mauern waren strahlend weiß getüncht und auf dem Hof war alles wohl geordnet und sauber. Das Häuschen war in einem vorbildlichen Zustand. Neben der kleinen Schafherde züchtete Hannes noch ein wenig Federvieh, wie Hühner und Enten. In regelmäßigen Abständen erhielten Shean und Hanna auch für den einen oder anderen Festtag einen Braten aus dieser Zucht. Zu den Anlässen war der edle Spender dann selbstverständlich zu Gast bei ihnen.

Als Jack das kleine Gebäude erreichte, waren weder Hausherr noch Hund dort anzutreffen. Die Türen waren unverschlossen, und auf mehrfaches Rufen kam keine Antwort. Das Federvieh vergnügte sich schnatternd und gackernd im Hinterhof. Für den alten Kauz war es normal, Haus und Hof unverschlossen zurückzulassen. Nun hieß es aber für Jack, diesen Einsiedler zu finden und das war nicht immer so ganz einfach in den Weiten der Salzwiesen. Also musste Jack an altbekannten Orten suchen, was für ihn aber nicht unbedingt schwierig war. Schon oft war er mit Hannes unterwegs gewesen und so war das eine oder andere Fleckchen bekannt. Es gab nur wenige Orte, wo der alte

Denker sich wohl fühlte. Jack hatte das Gefühl, ihn an einem Stammplatz am Ufer eines der Gräben finden zu können. Er lag damit richtig. Hannes saß dort auf einer alten, selbst gebauten Holzbank und versuchte ein wenig Ruhe beim Beobachten von einheimischen Tieren zu finden. Stuart lag völlig ruhig neben der Bank im Gras. Bis sein bester Freund auftauchte und es vorbei war mit der besagten Ruhe. Die Begrüßung war stürmisch und von unüberhörbarem Bellen begleitet. Auch die bis zu dem Zeitpunkt ungestörten Austernfischer, Strandläufer und Seeschwalben merkten auf und machten sich davon. Hannes war von diesem Radau verständlicherweise nicht so begeistert und brummte:

*„Wat wut du, dat du mi in mien Ruh störst?

Nachdem auch Stuart sich wieder beruhigt hatte, setzte sich Jack wie selbstverständlich neben den alten Mann auf die Bank, klopfte ihm auf die Schulter und ließ seinen Blick über die Salzwiesen schweifen. Erst nach einiger Zeit unterbrach er die wieder eingekehrte Ruhe.

„Du, ich wollte dir ein wenig Gesellschaft leisten, so wie früher."

„Hast du nicht was Besseres zu tun, als mit einem alten Kerl auf einer Holzbank zu sitzen? Was ist denn mit deiner hübschen Studentin?"

Jack ließ diesen Kommentar unbeantwortet. Eine ganze Weile saßen die beiden Gestalten inmitten der

---

* Was willst du, dass du mich in meiner Ruhe störst?

Wiesen zwischen den Gräben und kein Wort
vermochte die Idylle zu stören.

Nur ein feines Knistern war aus den Feuchtwiesen
zu hören. Langsam kehrten die scheuen Tiere auf
die Bühne der Küstenlandschaft zurück. Inmitten
dieser Szenerie begann Hannes flüsternd und etwas
melancholisch:

„Weißt du Jack, immer wenn ich hier auf den
Salzwiesen sitze, ist mir Janny gegenwärtig. Wie sie
mich mit ihren lieben blauen Augen anschaute und
in ihrem wehenden bunten Blumenkleid vor mir
tanzte. Ihre Lebensfreude war so mitreißend. Nie
wollte ich daran glauben, dass sie von uns beiden es
sein würde, die als erste geht. Es sind auf den Tag
nun genau zwei Jahre. Ja, manchmal wird man
wirklich von den Wegen des Schicksals überrascht.“

Hannes standen die Tränen in den Augen und er war
sichtlich bewegt durch die Erinnerung an seine
verstorbene Janny. Es war damals für alle ein
Schock und niemand wollte so recht daran glauben,

dass diese so lebensbejahende Frau von so einer heimtückischen Krankheit besiegt werden konnte. Jack war in solchen Situationen immer sehr verlegen und er wusste nun auch nicht so recht, was er sagen sollte. Allerdings wollte er Hannes mit seiner Trauer nicht alleine lassen, und so schaute er den Mann tröstend an und sagte einfach nichts. In diesen Momenten brauchte er auch nichts zu sagen, denn allein seine Anwesenheit reichte. Jacks tröstende Gedanken kannte Hannes ohnehin. Sie waren mehr wert, als jedes gesprochene Wort.

Der alte Mann nahm Jacks Hand und drückte sie ganz fest:

„Jack du bist ein Engel. Dein Schweigen hat sehr gut getan und damit hast du mir mehr Trost geschenkt, als mit irgendwelchen nichtsnutzigen Tipps, die von anderen in solchen Situationen kommen. Aber nun genug Trübsal geblasen. Deswegen bist du bestimmt nicht zu mir gekommen. Was gibt's?"

Nach einer kurzen Pause offenbarte Jack sein Anliegen:

„Nun ja, es geht um meine Träume. Langsam werden sie mir unheimlich, und vielleicht hast du für mich den einen oder anderen Ratschlag auf Lager."

Hannes, der offensichtlich damit gerechnet hatte, auf dieses Thema angesprochen zu werden, brummelte:

„Hm, das kommt ganz darauf, was du wissen willst. Es gibt für alles eine Erklärung. Aber leg einfach mal los."

„Nun, wo soll ich anfangen? Es geht mal wieder um Patrick. Ich finde es schon recht unangenehm, wenn er in meinen Träumen auftaucht. Das war gestern nach unserem Gespräch nämlich der Fall."

Hannes schaute regungslos über die von Gräben durchzogenen Wiesen, was aber bei ihm nicht bedeutete, dass er unbeeindruckt war. Es war eher die Ruhe vor dem Sturm. Jack setzte seine Ausführungen fort und schilderte den Traum. Während er erzählte, fuhr ihm selbst ein Schauer des Grauens über den Rücken.

„Nun Hannes, was hältst du davon?", schloss Jack seine Erzählung.

„Ja, ja", sprudelte es förmlich aus Hannes heraus und das wiederholte er zwischen zwei Zügen an seiner Pfeife auch noch mehrmals.

„Was soll ich davon halten? Zunächst kann ich dich beruhigen. Die Situation ist nicht ganz so bedrohlich, wie du sie empfindest. Es gibt eben Menschen, die etwas lebhafter träumen, und zu denen gehörst du. Du verarbeitest in deinen Träumen Ereignisse aus der Vergangenheit, die du nicht ganz verkraftest hast und am liebsten verändern möchtest, damit sie im rechten Licht erscheinen. Während deiner Erlebnisse in der Traumwelt erscheint dein derzeitiger Widersacher und versucht alles zu vereiteln."

„Das verstehe ich nicht so ganz. Wieso habe ich etwas aus dem Jahre 1040 in Schottland zu verarbeiten?"

„Nun, hast du schon einmal etwas von der Theorie der Wiedergeburt gehört? Wahrscheinlich existiertest du in einem deiner früheren Leben am Ort deiner Träume. Das ist in deinem Unterbewusstsein gespeichert. Da im Verlaufe der Geschichte nicht alles so verlief, wie es hätte sein müssen, brodelt es in deinem tiefsten Inneren und du hast noch immer das Bedürfnis an dem Verlauf etwas zu verändern. Das spiegelt sich nun in den Inhalten deiner Träume wieder. Allerdings weißt auch du sicherlich, dass man an der Vergangenheit nichts ändern kann."

„Aber Hannes, daran glaubst du doch nicht wirklich, oder? Es hört sich im ersten Ansatz zwar logisch an, aber so richtig glaubwürdig und realistisch ist es nicht."

„Warum sollte es das nicht sein? Du glaubst doch auch, dass meine Janny auf mich wartet und in meinen Träumen bei mir ist. Wie kannst du einerseits daran glauben, andererseits aber eine ähnliche Theorie anzweifeln?"

Jack zuckte zusammen, weil er so etwas Hannes gegenüber niemals geäußert hatte, sondern nur dachte.

„Du brauchst gar nicht so verwundert sein. Ja, ich habe vorhin genau gespürt, was du dachtest und das wolltest du doch auch, oder?"

„Ich bin aber doch ein wenig erschrocken. Viel mehr beunruhigt mich allerdings, wie es angehen

66

kann, dass Patrick mir in diesem einen Traum begegnen konnte und er sich dessen auch noch bewusst war. Wie ist das möglich?"

„Och Jack!", entgegnete Hannes fast ein wenig entrüstet und dabei schlug er sich mit den Handflächen auf die Oberschenkel, „du kannst Fragen stellen. Das ist fast so, als würde ich fragen, warum ich, ja gerade ich, auf der Erde lebe. Menschen mit einer ausgeprägten Willenskraft können in anderen Träumen erscheinen und sie könnten dort auch etwas bewirken. Allerdings können sie dem Träumer nicht schaden, da dieser im Allgemeinen rechtzeitig aufwacht. Hingegen kann durch den ständigen Einfluss deiner Träume dein Verhalten im wirklichen Leben verändert werden."

„Und was für einen Sinn hat das?"

„Na ja, wie du sicherlich weißt, gibt es unter den Lebewesen gute und böse. Normalerweise soll es hier ein Gleichgewicht geben, was zur Zeit leider nicht der Fall ist, da das Böse mehr und mehr überwiegt. Wie ich zu dir vorhin schon beiläufig sagte, bist du in meinen Augen ein Engel. Du versuchst nicht nur im Leben ein guter Mensch zu sein, nein, auch in deinen Träumen willst du Unrecht nicht zulassen. Aber das Böse schläft nicht und begegnet dir durch Patrick. Er wird dir zu guter Letzt immer wieder einen Strich durch die Rechnung machen."

„Aber Hannes, ich bin doch kein Engel. Die haben doch Flügel und wandeln unsichtbar über die Erde."

„Jack, bereits Jakob berichtete, dass ihm in Beth - El nachts Engel begegneten, die zu Fuß auf der Himmelsleiter Sprosse für Sprosse auf und ab gingen. Sie wandeln auch nicht unsichtbar über die Erde. In jedem Menschen existiert das Wesen eines Engels und irgendwann entscheidet es sich, ob er gut oder böse wird. Niemand ist von Anfang an böse.“

„Wobei ich jetzt immer noch nicht die leiseste Ahnung habe, was ich tun soll und welche Rolle ich spiele.“

„Ich kann dir wiederum nur raten: Träume deine Träume und hilf den Menschen, soweit du es kannst. Du erscheinst in Träumen, die Menschen in der Vergangenheit zeigen. Hier kannst du zwar nichts aktiv verändern, aber du kannst den Menschen Trost schenken. Was passiert, wenn du Veränderungen vornimmst, hast du in deinem letzten Traum erfahren müssen. Im schlimmsten Fall korrigiert dich das Böse dann wieder und das hilft allen Beteiligten am wenigsten.“

„Habe ich eigentlich nur derartig negative Träume?“

„Das hängt ganz davon ab, was du aus einem deiner früheren Leben zu verarbeiten hast.“

„Na, das sind ja schöne Aussichten“, entgegnete Jack ein wenig spöttisch, „und welche Bedeutung hatte der Traum in dem Chorraum und warum stürzte ich in dieses Nichts?

„Ich bin ja nun kein Traumdeuter, aber ich kann mir vorstellen, dass du hier eine Entscheidung treffen musstest. Bezeichnend ist, dass sich seit diesem

68

Traum dein Leben wesentlich verändert hat. Ich nehme einmal an, dass du hier zwischen Gut und Böse wählen musstest. Warum hinter der Tür rein gar nichts war, kann ich dir auch nicht sagen. Du solltest aber weiterhin versuchen, es herauszufinden."

„Ich finde, ein wenig unheimlich klingt das schon alles, oder?"

„Unheimlich sind nur die Dinge, vor denen man Angst hat und die entsteht bekanntlich nur aufgrund von Unwissenheit. Weil du jetzt aber so viel von mir erfahren hast, brauchst du auch keine Angst mehr haben, zumal die ohnehin nur lähmt. Vergiss vor allen Dingen niemals, woher du kommst und was dein Ziel ist. Zweifle nicht an dir selbst und glaube fest an dich und deine Vertrauten. Verwahre dich dagegen, dich selbst zu entzweien, du bist Jack und niemand kann dir deine Überzeugung und deinen Glauben nehmen.

Nach diesen nachdrücklichen Worten saßen beide schweigsam auf der Bank. Jack fuhr mit seinen Fingern durch Stuarts weiches Fell und Hannes zog einige Male an seiner Pfeife, um dann ein bis zwei kräftige Wolken würzigen Tabakrauchs in die Seeluft zu pusten. So verging noch einige Zeit, bevor sich beide erhoben, um den Heimweg anzutreten. Erst, als sich ihre Wege trennten, wurde das bedächtige Schweigen gebrochen.

„Hannes, ich danke dir für das aufschlussreiche Gespräch. Über vieles muss ich auch erst einmal nachdenken und außerdem bin ich hundemüde.

Hoffentlich habe ich nicht wieder so einen bewegten Traum."

„Ich danke dir aber auch für deine Gesellschaft und deinen Trost. Über die kommende Nacht brauchst du dir bestimmt keine Gedanken machen. Du wirst sicherlich nichts träumen, so erschöpft, wie du bist. Nun sieh zu, dass du ins Bett kommst."

Jack war ausgelaugt. Der Akku war leer. An diesem Abend konnte er gerade noch seine Arbeiten auf dem Hof erledigen. Danach fiel er in seinem Bett in einen tiefen Schlaf und es war ganz so, wie es Hannes prophezeite, es gab keine wilden Träume.

Nach der Begegnung mit Patrick auf der Landstraße passierte zunächst für ein paar Tage nichts, was beide Gemüter hätte unnötig aufheizen können, sei es während des Seminars oder in der Traumwelt. Patrick ließ Jack in Ruhe, und umgekehrt galt dasselbe. Es war aber so, als würden sich beide Kontrahenten auch aus dieser gewissen Distanz heraus abtasten.

Die Zeit an der Küste neigte sich langsam dem Ende zu und die sich dem Sommerseminar anschließende Studienreise nach Schottland rückte näher. Jack und Frederike verbrachten noch einige Tage in ungezwungener Zweisamkeit. Soweit auf dem Bauernhof nicht Arbeiten zu erledigen waren oder für das Seminar Themen nachbereitet werden mussten, nutzten sie die Zeit. Sie genossen gemeinsam am Strand den Sommer oder fuhren mit dem Roller übers Land. Obwohl sie viel Zeit miteinander zubrachten, entwickelte sich ihre Zuneigung nur sehr langsam. Frederike zeigte mit zarten Küssen

70

und scheuen Umarmungen vorsichtig ihre Liebe, was Jack eher unbeholfen akzeptierte. Es war manchmal schon recht amüsant, das ungleiche Paar zu beobachten. Einerseits war da deutlich diese Anspannung zwischen ihnen zu spüren, da einer mehr wollte als der andere. Andererseits harmonierten sie so gut miteinander, dass man glauben konnte, die beiden wären ein frisch verliebtes Paar. Eines spürten Jack und Frederike aber zweifellos, jeder Tag gab ihnen neuen Mut für ihre junge und noch nicht so ganz vollständige Liebe. Während sie sich in Geduld übte, vermochte Jack ständig neue Gefühle zu entdecken.

Eine schmerzhafte Erfahrung

Am letzten Wochenende vor der Abreise nach Schottland fand in dem benachbarten historischen Ortskern das alljährliche Parkfest statt. Auf dem kleinen Platz bei der alten Kirche wurde getanzt, getrunken und gesungen. Die ganze Dorfbevölkerung sorgte dafür, dass dieses Fest von Jahr zu Jahr ein größerer Erfolg wurde. Aus der gesamten Umgebung kamen die Eiderstedter zusammen um zu feiern. Auch das diesjährige Parkfest sollte ein großer Spaß werden. Bereits Tage vorher wurden Buden aufgebaut und für die Gegend typische Spezialitäten vorbereitet. Auch für die alte Handwerkskunst war es eine Gelegenheit sich zu präsentieren. Mit besonderer Spannung wurde auch dieses Mal wieder das Fußballspiel erwartet, bei dem Handwerker und Bauern der Umgebung gegeneinander antraten.

Wobei es weniger um das Spiel selbst ging, als vielmehr um die zünftige Kluft und die vielen lustigen Einlagen während des Spiels. In jedem Jahr ließen sich die Akteure wieder Neues einfallen, um die Zuschauer zu begeistern. Das Schiedsrichtergespann bildete wie bisher der ortsansässige Pastor mit seinen „Assistenten", die selbstverständlich in ihrer Dienstkleidung antraten.

Vor den Feierlichkeiten sollte auf dem Hof der Hamptons noch ein kleiner Empfang stattfinden. Hanna forderte Jack auf, ihr vor der Abreise doch noch einmal Frederike vorzustellen, von der er so viel erzählt hatte. Ein wenig zierte sie sich schon, denn für sie war es, wie eine Vorstellung bei den Schwiegereltern. Jack beruhigte sie, indem er ihr erklärte, dass es eine Ehre sei, von einer dithmarscher Bauernfamilie eingeladen zu werden. Diese Einladung abzulehnen, würde eher als Beleidigung angesehen werden. Da sie nichts zu befürchten hatte, und Jack vertraute, nahm sie die Einladung an.

Am frühen Nachmittag fuhr Jack mit dem Trecker ins Dorf, um Frederike dort abzuholen. Der Bus, den sie dieses Mal nutzte, fuhr lediglich durch den Ort, aber nicht zum Hof.

Bereits von Weitem sah er sie an der Haltestelle stehen und sie trug ein wunderschönes Sommerkleid mit orangefarbigen Blumen, die in seidigem Pastell erstrahlten. Ihre roten Haare leuchteten wie eine Krone auf ihrem Kopf. Ihr liebliches Gesicht war wie ein Lächeln der Sonne und erhellte die ganze Umgebung mit seinem Glanz. So sprach Jack oft von ihr, und sie fühlte sich dadurch derart geschmeichelt, dass sie fast ein wenig verlegen wurde. Es war bereits reger Festbetrieb auf der Hauptstraße. Inmitten dieses Treibens hielt Jack mit seinem Trecker. Die meisten umfuhren mit Gleichmut das altertümliche Gefährt, nur wenige regten sich hupend darüber auf. In den meisten Fällen waren es ungeduldige Touristen, die ihre orchesterähnliche Mehrtonhupe präsentieren mussten.

Mit besonderer Eleganz wollte Jack sich von dem landwirtschaftlichen Gerät schwingen, um ein wenig zu imponieren. Allerdings wäre daraus fast ein halsbrecherischer Akt geworden, der weniger imposant, als viel mehr unbeholfen aussah. Sein etwas zu groß geratenes T-Shirt hatte sich beim Ansatz zum tollkühnen Sprung vom Trecker in dessen Schaltknüppel verfangen. Es kam, wie es kommen musste. Der gerade noch so heldenhaft aussehende Jack strauchelte und landete kopfüber auf allen Vieren auf dem Sandboden vor Frederike. Glücklicherweise sah alles viel schlimmer aus, als es letztendlich war. Beiden fuhr ein Schrecken durch die Glieder und auch einige Festbesucher schauten mit Entsetzen herüber. Als Jack sich aber unverletzt und gut gelaunt erhob, lachten alle über die komische Situation und Erleichterung machte sich breit.

„Das war echt filmreif", begrüßte Frederike ihren gestrauchelten Helden.

Der war noch damit beschäftigt, die Hände zu reinigen und den Staub aus den Kleidern zu klopfen.

„Ja, mach dich nur über mich lustig, es sollte ein galanter Auftritt werden, sonst klappt so was auch immer. Allerdings war ich durch deine Schönheit wohl derart geblendet und abgelenkt, dass es so kommen musste."

„Ach, Jack ich fand deinen Auftritt trotzdem einmalig, und für genügend Aufmerksamkeit hast du allemal gesorgt. Ist das nichts?"

Währenddessen wühlte Jack schon aufgeregt und hektisch in einer Kiste und murmelte dabei unverständliche Worte. Frederike stand erwartungsvoll neben dem Trecker, schüttelte den Kopf, runzelte ihre Stirn und fragte:

„Jack, was suchst du?"

„Das hier!!"

Voller Stolz präsentierte er einen alten Lappen und hielt ihn ihr vor die Nase. Erschrocken und voller Abscheu sprang sie einen Schritt zurück.

„Igitt! Was willst du denn damit?"

„Na, eben den Sitz reinigen, damit du dir das wunderschöne Kleid nicht verschmutzt."

„Du bist zu niedlich Jack Hampton, dass du daran denkst. Aber meinst du nicht, der Sitz wird von dem schmuddeligen Lappen eher noch schmutziger?"

„Ach, irgendeine saubere Ecke finde ich schon noch."

Sprach's und wienerte auf der Sitzschale umher, um dann seinen vornehmen Gast höflichst aufzufordern, Platz zu nehmen. Mit einem leichten Diener nahm er ihre Hand und unterstützte sie beim Erklimmen des wenig komfortablen Fahrgerätes. Als er sich dann selbst hinter dem großen Lenkrad in Position brachte, startete er mit heftigem Geruckel den schwerfälligen Motor, um noch belustigt vor Fahrtbeginn zu äußern:

„Junge Lady, wir starten! Schnallen sie sich bitte an und bringen sie ihre Sitzlehne in eine senkrechte Position. Das Rauchen ist einzustellen."

Es war Frederikes erste Fahrt mit einem Trecker und Jack bemerkte, dass ihr einerseits mulmig zumute war, andererseits war sie aber auch gespannt auf das, was da kommen mochte. Aber mal ehrlich, wer würde in der Situation auch damit rechnen, mit einem Trecker abgeholt zu werden. Langsam bewegte sich das Gefährt, um mitten im festlichen Tumult zum Wenden anzusetzen. Nachdem sie das Chaos hinter sich gelassen hatten und außerhalb des Ortes über die Landstraße tuckerten, entspannte sich Frederike langsam. Sie genoss die Tour regelrecht und ließ ihr Haar im Fahrtwind wehen.

Kaum hatte sich der noble Fahrgast an diese abenteuerliche Fahrt gewöhnt, war sie auch schon beendet. Sie bogen auf den holperigen Feldweg zum Hof ein, wo beide noch einmal richtig durchgeschüttelt wurden. Shean saß bereits erwartungsvoll vor der Küchentür auf der Bank und zog an seiner Pfeife. Gelassen blieb er dort sitzen und beobachtete die Ankunft und wie Jack seiner Liebsten zuvorkommend beim Herunterklettern half. Das Ganze sah zwar noch recht ungeübt aus, aber alle Beteiligten blieben unverletzt.

„Shean, darf ich dir Frederike vorstellen?", fragte
Jack ein wenig schüchtern.

Er erhob sich von der Bank und reichte Frederike
seine kräftige Bauernhand.

„Ich bin Shean, Jacks Onkel. Sei willkommen auf
unserem Hof und fühle dich ganz wie zu Hause."

Während dieser freundlichen und offenherzigen
Begrüßung lächelte er und führte sie mit einer
einladenden Geste zur Eingangstür. Dabei flüsterte
er Jack zu:

„Deine Tante ist schon recht nervös."

Beim Betreten der Küche strömten ihnen
wohlriechende Düfte von frisch gebackenem
Kuchen und aufgebrühtem Kaffee entgegen. Der
Stubentisch war mit dem besten Kaffeegeschirr
gedeckt und es stand sogar ein Blumenstrauß in der
Mitte der Tafel.

Hanna stand erwartungsvoll in der Tür zur Stube
und hielt sich nervös an ihrer Küchenschürze fest,
die sie bereits abgenommen hatte. Einen Moment
lang blieb sie wie angewurzelt stehen, bevor sie
endlich die Arbeitskleidung beiseite gelegt hatte, um
den Gast mit großer Herzlichkeit zu begrüßen. An
der Kaffeetafel entstand dann auch schnell eine nette
Gesprächsrunde, bei der man sich über Gott und die
Welt unterhielt und es wurde viel gelacht. Bei Innes
war es zwar mehr ein Kichern, aber auch sie hatte
ihren Spaß. Frederikes anfängliche Zurückhaltung
wich sehr bald und sie fühlte sich durch die
Liebenswürdigkeit, die von dieser Familie ausging,
sehr wohl und geborgen.

Irgendwann nach Stunden wurde die lustige Runde von der alltäglichen Pflicht eingeholt, es war die Schafherde auf dem Deich, die wie immer kontrolliert werden musste. Jack erhob sich, nahm sich noch ein Stück Kuchen vom Teller und wollte gerade das Haus verlassen, als Frederike hinterher rief:

„Jack, ich würde gern mitkommen. Ich wollte schon immer einmal Schafhirtin spielen, darf ich?"

Jack blickte fragend zu seinem Onkel, der dann auch zustimmend nickte.

„Aber doch nicht in dem wunderschönen Kleid!" mischte sich Hanna mütterlich ein, „komm mal mit, ich hab im Schlafzimmer noch eine paar alte Sachen, die dir passen müssten."

Die beiden Frauen verschwanden in dem Zimmer. Während Hanna ihr das eine oder andere Stück Wäsche anpasste, bedankte Frederike sich bei ihr:

„Ich möchte mich bei Ihnen noch einmal für die herzliche Begrüßung bedanken. Ich fühle mich hier sehr wohl."

Sie war wirklich ein wenig gerührt und ihr steckte ein Kloß im Hals.

„Ach, das musst du doch nicht tun. Wir gehören hier doch alle zusammen", entgegnete Hanna liebevoll und strich ihr über das glatte rote Haar.

Nach kurzer Zeit erschien die zuvor noch im Blumenkleid glänzende Schönheit, mit blauem Overall und einem karierten Hemd verkleidet im Wohnzimmer. Jack lachte über sie, denn diesen

Anblick durfte er bisher noch nicht genießen. Das junge Paar verließ belustigt durch die Küche das Haus.

Beide nahmen auf dem bereits bekannten Gefährt Platz, dieses Mal ohne Handicap. Gerade wollte Jack den Motor starten, da drehte er sich noch einmal suchend um, denn ein treuer Begleiter fehlte noch.

„Paddy, na komm, los geht's! Wo bist du denn?", rief er in Richtung Gerätehaus und pfiff noch einmal laut.

Aber nichts rührte sich. Kein Paddy kam gelaufen. Jack ging noch einmal zur Hundehütte, aber auch dort war kein Hirtenhund zu finden.

„Komisch, das habe ich bei Paddy noch nie erlebt. Aber jetzt müssen wir erst einmal los, sonst überrascht uns noch die Dunkelheit und wir wollen ja auch noch rechtzeitig das Fest besuchen", bemerkte Jack.

Zügig fuhren sie zu den Deichwiesen. Dort angekommen, präsentierte sich entlang des Deichs die riesige Schafherde der Hamptons. Etwas mühselig, aber doch ohne Probleme trieben sie die Tiere zusammen, um deren Zustand und Anzahl zu prüfen. Gerade als die Arbeit erledigt war, ging über dem Meer als gleißend roter Ball die Sonne unter. Jack und Frederike setzten sich auf die Deichkrone zwischen die blökenden Schafe, um dieses Schauspiel zu beobachten. Leise drang das Meeresrauschen des auflaufenden Wassers an ihre Ohren, und die Möwen ließen sich mit dem Wind über die

Salzwiesen tragen. Unweit, inmitten der Wiesen, stand der berühmte Leuchtturm von Westerhever mit seiner rotweißen Kennung und zu beiden Seiten standen zwei Häuschen, so als wollten sie ihn abstützen.

Dieses romantische Bild ließ die beiden nicht unberührt, und so wanderte Jacks Hand über Frederikes Schulter, um sie in den Arm zu nehmen. Sie ließ es sich gerne gefallen und rückte zu ihm heran. Sehnsuchtsvoll beobachteten sie den glühend roten Ball, wie er im Meer verschwand und für Minuten die Natur in ein Paradies verwandelte.

Nachdem der letzte Sonnenstrahl hinter dem Horizont verschwunden war, wurde es Zeit, den Rückweg anzutreten. Auf dem Hof erwartete Shean die beiden bereits und wunderte sich:

„Hattest du Paddy gar nicht dabei?"

„Nein. Bereits vorhin habe ich ihn vermisst. Ist er vielleicht stromern? Allerdings kennt man das gar nicht von ihm."

„Wie habt ihr jetzt die Herde zusammengetrieben?"

„Na, eben ohne Paddy. Zum Glück war Frederike mit dabei. Ohne sie wäre ich bestimmt noch auf dem Deich zwischen den Schafen."

„Ein wenig komisch ist das schon."

Für eine großartige Suche blieb allerdings keine Zeit mehr. Einerseits war die Dämmerung schon um einiges vorangeschritten, andererseits wollten Jack und Frederike das Parkfest besuchen. Nach kurzem Aufenthalt hieß es dann endlich, auf zur Party. Jack hatte vom Nachbarhof noch ein zweites Rad organisiert und so erreichten sie nach einer kurzen Tour das Fest, das schon in vollem Gange war.

Bereits an der Ortsgrenze waren die Klänge der Folkloremusik zu hören. Die unterschiedlichsten Düfte wogten durch die Gassen. Auf dem Vorplatz der altertümlichen Kirche standen mit bunten Girlanten und Lampions geschmückte Buden. Vor der Bühne wurde ausgelassen getanzt und gesungen. Einige ältere Gäste waren in landestypischer Tracht erschienen. So entstand ein buntes Bild von traditionsreicher und neumodischer Vielfalt. Auch das Musikprogramm bot entsprechend für jeden etwas. Für das leibliche Wohl war in großer Vielfalt gesorgt. Für jeden Geschmack gab es sowohl in flüssiger, als auch fester Form eine reichhaltige Auswahl.

Im Bierzelt war besonders ausgelassene Stimmung. Dort feierten die Fußballer ihren Sieg. Aber wer war eigentlich der Gewinner? Alle standen am Tresen und prosteten sich zu. Sowohl die Bauern, als auch die Handwerker waren in ausgelassener Stimmung und mittendrin das durch Gottes Hand gelenkte

80

Schiedsrichterteam. Sie standen den anderen Akteuren um nichts nach.

„Wer hat eigentlich gewonnen?", wollte Jack vom Pastor wissen.

„Na, wer soll schon gewonnen haben? Wir haben alle gewonnen. Wir haben einen Tag mehr gewonnen, an dem wir gemeinsam Spaß und Freude hatten. Das Ergebnis ist doch vollkommen unwichtig."

Jack nickte zustimmendend und man ließ sich von der Menschenmasse weiter treiben.

Unter den Besuchern befand sich auch, wie sollte es anders sein, Patrick. Wie immer scharte sich eine Gruppe seiner Anhänger um ihn und er spielte sich mit seinem überzogenen Verhalten in den Mittelpunkt. Zwar vermutete Jack seine Anwesenheit, ja spürte sie sogar ansatzweise, allerdings erhoffte er sich, dass seine Vermutung sich nicht bestätigen würde. Kaum kreuzten sich ihre Blicke, war ein Knistern in der Luft zu spüren. Glücklicherweise war das Fest groß genug, so dass sich die beiden weiträumig aus dem Weg gehen konnten.

Die Feier ging bis tief in die Nacht und die Stimmung ebbte zu keiner Zeit ab. Jack und Frederike tanzten fast nach jeder Musik und fanden erst in den frühen Morgenstunden den Weg nach Hause. Sie waren bei weitem nicht die Letzten, die den Festplatz verließen. Ein harter Kern, zu denen auch Patrick gehörte, feierte mit reichlich Alkohol noch weiter. So kannte man ihn. Überall, wo es etwas zu feiern gab, war er mit dabei und stets gehörte er zu den späten Gästen.

Aber für Frederike und Jack war das schon nicht mehr von Belang. Der Festplatz rückte mehr und mehr in die Ferne und die Musik, das Lachen, sowie der Gesang wurden leiser und leiser, bis die Geräusche nur noch als ferner Widerhall wahrzunehmen waren. Der Weg zum Hof war mühseliger als sonst, das viele Tanzen und das eine oder andere Glas Bier hatten die Beine kraftlos gemacht. Als sie ankamen, dämmerte es bereits. Das Pärchen schob die Räder auf den Hof, und Jack stellte sie in den Geräteschuppen. Immer noch war kein Laut von Paddy zu hören. Auch wenn Jack nicht so ganz nüchtern war, registrierte er das. Er führte Frederike zunächst ins Gästezimmer, wo Hanna für sie das Bett nach friesischer Art vorbereitet hatte: Ein großer Berg von Bettdecke und Kopfkissen obenauf, so dass jeder, der sich darin niederließ, kaum mehr wiederzufinden war.

„So hier kannst du dich erst einmal ausruhen. Hanna hat es mit dem Bettzeug mal wieder besonders gut gemeint. Aber du wirst darin schlafen, wie im siebten Himmel. Ich werde noch einmal Paddy suchen gehen. Mein Gefühl sagt mir, dass mit ihm etwas nicht stimmt.“

„Soll ich dir dabei nicht helfen?“

„Nein, das mach ich besser alleine. Schlaf du erst mal.“

Sie drückte ihm noch einen zärtlichen Kuss auf die Stirn und flüsterte in sein Ohr:

„Viel Erfolg und pass auf dich auf"

Müde machte sich Jack auf den Weg und begann mit seiner Suche zunächst auf den umliegenden Feldwegen, um dann die Küstenstraße zum Deich noch einmal abzuklappern. Er war schon fast in Westerhever angelangt, als er entmutigt umkehren wollte.

Da ließ er seinen Blick noch einmal den Grünstreifen entlang in Richtung Küste gleiten. Vielleicht war es die Übermüdung, die ihm etwas vorgaukelte, aber einige hundert Meter weiter, lag etwas im Gras, das in ihm ein ungutes Gefühl hochkommen ließ. Erst nur langsam, dann aber mit immer schneller werdenden Schritten näherte er sich, und sein Gefühl wurde mehr und mehr zur traurigen Tatsache: Es war der Körper von Paddy. Jack kniete neben dem Hund im Gras und tastete vorsichtig den Leib des Tieres ab. Nur sehr schwach spürte er eine Atembewegung, einen kleinen Lebensfunken gab es noch. Das Fell war blutverschmiert und am Kopf klaffte eine große Platzwunde.

Bei der ersten Berührung durchzuckte es Jack schlagartig wie ein Blitz. Er spürte die Gegenwart des Bösen. Dieses Gefühl kannte er bereits. In den letzten Tagen hatte er es schon einige Male gespürt, wenn Patrick in der Nähe war. Jack war sicher, dass er seine Finger im Spiel hatte. Augenblicklich war er nüchtern. Nur wenige Meter weiter war die Grasnarbe durch Reifenspuren zerstört. Jack schaute sich die Spur genauer an und er ließ seine Hand über das Profil gleiten. Wieder durchzuckte es ihn und nun war er sich sicher, Patrick war an diesem Ort.

Mit Tränen in den Augen nahm er den schwerverletzten Körper seines kleinen Freundes auf.

Jack war wütend, aber gleichzeitig war er auch voller Trauer. Auf dem Hof angekommen, legte er den halbtoten Hund vorsichtig auf eine Bank vor dem Bauernhaus.

Eiligst suchte er Shean in seinem Schlafzimmer auf, um ihn zu wecken:

„Shean! Wach auf!", flüsterte er ihm zu und zog dabei am Ärmel.

„Hm!", gab er brummend von sich, „was kann schon so wichtig sein, mich jetzt zu wecken?"

„Es geht um Paddy. Ich habe ihn gefunden und er ist schwer verletzt. Er muss schleunigst in die Tierklinik gebracht werden."

Diese Worte ließen Shean sofort wach werden. Seine Augen öffneten sich schlagartig und mit einem Satz sprang er aus dem Bett. Sofort streifte er sich ein paar Kleidungsstücke, die er gerade greifen konnte, über und folgte Jack auf den Hof, wo Paddy noch immer schwach atmend auf der Bank lag.

„Was ist passiert?"

„Genau kann ich es dir noch nicht sagen, aber ich werde es hoffentlich bald wissen."

Während Shean mit dem schwerverletzten Tier in die nächst größere Stadt zur Tierklinik fuhr, radelte Jack, getrieben von seiner Wut, noch einmal ins Dorf. Seine Gedanken kreisten nur um eine Person, Patrick. Aufgepuscht von seinen Gefühlen und den Gedanken an Paddy, entwickelte Jack trotz seiner

Müdigkeit noch einmal ungeahnte Energie. Er wollte dieser abscheulichen Kreatur klar machen, wozu er, Jack, fähig war.

Bereits am Ortseingang war zu hören, dass das Fest noch in nicht zu Ende war. Die Musik hallte durch die Häuserschlucht, begleitet vom Klatschen und Johlen der noch übrig gebliebenen Besucher. Jack nahm alles gar nicht wahr. Wie im Wahn und fernab von jeder Vernunft raste er auf die Menschenmenge zu.

Patrick sah und spürte den Hitzkopf bereits auf sich zu rasen, konnte noch rechtzeitig beiseite springen, so als hätte er es geahnt. Auch der Rest der Menge suchte noch das Weite. Einige empörten sich:

„Was ist das für einer, spinnt der? Der kann wohl keinen Alkohol vertragen, dann soll er lieber die Finger davon lassen."

Noch während der Fahrt sprang Jack von seinem Rad ab und nahm direkten Kurs auf sein Ziel. Patrick wusste sofort, was nun geschehen würde und er blieb in Erwartung des Angriffs gelassen stehen. Schnaubend schrie der Hitzkopf los:

„Du verdammte Kreatur! Wieso? Sag es mir, wieso? Was hat der Hund dir getan?"

„Was kann ich dafür, wenn die dämliche Töle mir vor den Wagen rennt?"

Mit süffisantem Grinsen begegnete Patrick dem wütenden Angreifer, der ihn mit hochrotem Kopf am Kragen packte. Im gleichen Moment durchzuckte beide Körper ein Blitzschlag. Jacks Arme wurden von einem heftigen Kälteschock erfasst. Er verlor jegliches Gefühl darin und sie erstarrten, die Haut wurde aschgrau. Es war, als würde die Wärme aus seinem Körper gesaugt werden. Patrick, der gleich-zeitig zupackte, traf ein starker Hitzeschlag, so dass seine Arme sich sofort röteten und aufquollen. Das Blut in seinen Armen schien zu kochen. Reflexartig ließen die Streithähne voneinander ab. Kraftlos zogen sich beide zurück. Patrick machte sich feige aus dem Staub und Jack saß noch eine Weile entkräftet am Boden.

Die Umstehenden beachteten das Ganze nicht weiter, der eine oder andere schaute noch einmal zu dem Häufchen Elend herüber, schüttelte den Kopf, aber dann wurde auch zügig weiter gefeiert. Kein Wunder, denn eigentlich sahen sie lediglich zwei kurzzeitig kämpfende Hitzköpfe, die abrupt ihren Konflikt beendeten. Was sich aber tatsächlich zwischen ihnen abgespielt hatte, bemerkte niemand. Wahrscheinlich konnten die beiden Kontrahenten noch nicht einmal selbst einordnen, was da passiert war.

Jack saß trauernd und alleine am Rande des Festes. Seine Gedanken verloren sich in der Ferne und er starrte mit leerem Blick auf den Boden. Bis eine innere Stimme zu ihm sprach und die Worte in seinem Geist widerhallen ließ:

„Jack, finde zu dir selbst, sammle deine Kraft. Löse dich von dem Bösen. Nicht das Böse ist dein Ziel, sondern das Gute im Menschen. Kehre zurück zu dem Ursprung und du findest, was du suchst.“

Kaum war dieser Gedanke real geworden, erhob sich vom Boden ein kleiner Falter in die Luft, kreiste noch ein paar Mal über seinem Ausgangspunkt, um dann im Licht der Morgensonne zu entschwinden. Jack glaubte in der inneren Stimme Hannes gehört zu haben. Das gab ihm Mut und das Gefühl, nicht mehr allein zu sein. Entschlossen und mit einem guten Gefühl im Herzen machte er sich auf den Weg.

Als Jack den Hof erreichte, kam Hanna ihm bereits mit fragendem Blick entgegen.

„Was ist passiert? Wo ist Shean?"

„Paddy wurde auf der Landstraße angefahren," entgegnete Jack und nahm sie in den Arm, „Shean ist mit ihm zur Tierklinik gefahren. Mach dir keine Sorgen, es wird sicherlich wieder."

„Du meine Güte, das arme Tier. Was heißt, das wird schon wieder? Kannst du mir nicht mehr sagen oder willst du mich nur beruhigen?"

Hanna konnte man so leicht nichts vormachen. Sie spürte sofort, wenn etwas nicht stimmte. Jack wollte sie aber nicht unnötig beunruhigen, allerdings konnte er auch nicht mehr viel Energie zum Trösten aufbringen, er war einfach hundemüde. Sein abschließender, beruhigender Satz, bevor er ins Bett fiel, war nur noch:

„Shean wird sich sicherlich sofort melden, wenn er Näheres weiß."

Frederike erfuhr erst am späten Vormittag von dem, was geschehen war. Sie schlief unter dem kuscheligen Federberg einen tiefen und erholsamen Schlaf. Obwohl sie wenig Bezug zu Paddy hatte, machte ihr der Vorfall Angst.

Jack, der nur kurze Zeit Ruhe gefunden hatte, versuchte sich abzulenken, indem er seine Gedanken auf die bevorstehende Reise nach Schottland konzentrierte. Allerdings spürte man deutlich seine innere Unruhe. Frederike bemerkte bei ihm, dass die Lässigkeit und Lebensfreude der letzten Tage wie weggeblasen waren. In einer ruhigen Minute versuchte sie ein paar Worte mit ihm zu wechseln.

„Jack, du solltest mit mir reden. Was ist zwischen dir und Patrick vorgefallen? Es ist kaum zu übersehen, dass es dich beschäftigt und besorgt."

„Es gibt darüber nichts zu reden. Es ist schlimm genug, dass es passiert ist."

„Du musst darüber reden. Sonst wirst du dich verändern und bestimmt nicht zum Guten."

„Wenn ich mit dir darüber rede, Frederike, dann wirst du dich auch verändern, willst du das? Zur Zeit gibt es nur einen, der das, was geschehen ist, annähernd begreifen kann: Hannes!"

„Versprich mir wenigstens, dass du ihn noch vor der Reise aufsuchen wirst."

„Ja, ja, versprochen."

„Okay, versprochen ist versprochen! Magst du mich zum Bus bringen? Ich muss ja auch noch meine Sachen für die Reise packen."

Als Frederike sich von Hanna verabschiedete, gab es noch immer keine Neuigkeiten über den Zustand

88

von Paddy. Sie ließ sich von Jack wieder mit dem Trecker zum Bus bringen und hoffte auf mehr Informationen in wenigen Tagen.

Danach machte er sich direkt auf den Weg zu Hannes. Der saß Pfeife rauchend vor seinem Haus und war sichtlich über das lärmende Gerät verärgert, das auf seinen Hof fuhr und die Stille der Natur störte.

„Musst du eigentlich ständig so lärmend auftreten? Und du Stuart, hältst gefälligst deine Schnute. Musst nicht auch noch Lärm machen."

Hannes hielt den aufgeregten Hirtenhund zurück. Verlegen jaulte er und wedelte mit seinem buschigen Schwanz.

„Ich wollte mich eigentlich von dir verabschieden, aber auch noch etwas besprechen, das gestern passiert ist."

„Ja, ich habe schon gehört. Auf dem Fest sollst du dich etwas daneben benommen haben. Du hast dich mit diesem Patrick geprügelt."

„Das weißt du schon? Wer hat dir das denn erzählt? Und vor allen Dingen ist es nur die halbe Wahrheit. Hat man dir denn auch erzählt, dass diese Kreatur Paddy überfahren und einfach so am Straßenrand liegen gelassen hat?"

Hannes zuckte zusammen und schaute Jack mit großen und traurigen Augen an. Selbst Stuart schaute verstört und gab vorsichtig einen kleinen Laut von sich.

„Das ist wirklich starker Tobak und setzt das Ganze selbstverständlich in ein ganz anderes Licht."

„Oh Hannes, ich war so wütend auf Patrick. Warum hat er das bloß getan? Paddy konnte doch nichts dafür."

„Er will deine Stärke testen und vor allen Dingen will er dich aus dem Gleichgewicht bringen, was ihm ja auch beinahe gelungen wäre. Patrick ist mit Vorsicht zu genießen, bei ihm muss man mit allem rechnen. Aber so etwas darf dir nicht noch einmal passieren, so spielst du ihm nämlich den Ball zu. Merke dir vor allen Dingen: Wut macht blind und lässt dich unüberlegt handeln. Ich hoffe, du hast daraus gelernt. Zähme deine Gefühle."

„Oh ja, ich spüre noch immer die Schmerzen in den Armen. Bei unserer Auseinandersetzung passierte nämlich etwas ganz Merkwürdiges. Als ich ihn packte, traf es mich wie ein Stromschlag und ich hatte das Gefühl, dass all meine Körperwärme ausgesaugt wurde. Ich verlor völlig die Kontrolle über meine Arme. Allerdings hatte ich auch das Gefühl, Patrick hatte ein ähnliches Erlebnis. Als ich nämlich schlagartig von ihm abließ, zog er sich gleichzeitig zurück. Es war schon sehr merkwürdig."

„Eines ist auf jeden Fall eindeutig, Jack. So gegensätzlich ihr auch seid, es gibt da etwas, was euch verbindet. Auch, wenn ihr euch nicht ausstehen könnt, so seid ihr doch voneinander abhängig."

„Aber was soll ich denn nur in Schottland tun? Patrick nimmt selbstverständlich auch an dieser Reise teil."

„Du wirst dich ihm immer wieder stellen müssen und kannst nicht davonlaufen. Ich kann dir nur den Rat geben, begegne ihm nicht mit Aggression, denn die kommt wie ein Bumerang zurück. Du würdest bald auch zur anderen Seite gehören. Vermeide die direkte Konfrontation mit Patrick. Es gibt andere Mittel und Wege."

„Hannes, ich fühle mich manchmal so einsam. Besonders in Situationen wie gestern. Ich bin doch nur Jack Hampton, ein klitzekleines Zahnrad im Weltgetriebe. Wie soll das bloß alles noch werden?"

„Du glaubst, dass du zu klein und zu schwach bist, um die Schatten und die Dunkelheit zu vertreiben. Aber erinnere dich an die großen Ereignisse in der Geschichte, von denen man heute noch spricht. Das sind die Begebenheiten, die sich in der absoluten Finsternis ereigneten, niemand konnte und wollte das Ende wissen. In der Geschichte gab es immer wieder kleine und große Helden. Sie hatten die Möglichkeit umzukehren, genauso wie du, aber sie blieben ihrem Weg treu. Warum taten sie das? Sie glaubten an etwas. Solange es noch einen Funken Gutes auf dieser Welt gibt, sollte jeder dafür zu kämpfen bereit sein."

Hannes legte eine kurze Denkpause ein und formte Ringe aus Pfeifenrauch, die er wie eine Dampflokomotive hinauspustete. Die feinen Gebilde schwebten langsam durch die Luft und nachdem sie sich in Wohlgefallen aufgelöst hatten, fuhr er fort:

„Du bist nicht alleine. Frederike ist bei dir. Es kommt sicherlich nicht von ungefähr, dass ihr euch gerade jetzt kennen gelernt habt. Sie ist ein verständnisvoller und loyaler Mensch. Genieße mit ihr erst einmal die Reise nach Schottland. Das wird für dich bestimmt eine sehr interessante Tour. Deine Vorfahren stammen doch aus der Gegend, oder?“

Mit einem kräftigen Händedruck und einer freundschaftlichen Umarmung verabschiedete sich Hannes von Jack. Dabei flüsterte er ihm noch einmal ins Ohr:

„Pass auf dich auf, mein Junge.“

Stuart stupste Jacks Hand an, um von ihm gestreichelt zu werden. Dann machte sich der junge Student auf den Weg. Ohne übertreiben zu wollen, aber irgendwie hatte der Abschied von Hannes etwas Endgültiges an sich gehabt. Während der Fahrt zum Hof beschlich ihn das Gefühl, dass er diesen alten Kauz wohl zum letzten Mal gesehen hat.

Feuer und Wasser

Am späten Nachmittag brach Jack auf. Er wollte die letzte Nacht vor der großen Reise bei seiner Mutter verbringen. Zu ihr hatte er eine ganz besondere Beziehung. Als er das Licht der Welt erblickte, waren die beiden vom ersten Moment an auf sich alleine gestellt. Es gab sicherlich viele schwierige Tage, die er und seine Mutter gemeinsam meistern mussten. Seinen Vater lernte er nie kennen, er fiel kurz vor Jacks Geburt

92

einem Verbrechen zum Opfer. Nur durch Fotos und Erzählungen konnte er sich ein Bild von ihm machen

Die hanseatische Kleinstadt, Lübeck, war immer schon seine Heimat. Die historischen Gassen und Häuser waren ihm vertraut. In einem dieser Altstadthäuser lebten er und seine Mutter. Es war eines von diesen kleinen Handwerkerhäuschen, das pro Stockwerk lediglich ein Zimmer hatte. Für Jack war es aber eines der schönsten Häuser, die er kannte. Es war noch im alten Fachwerkstil gebaut und in allen Räumen waren die dicken Holzbohlen zu sehen

Als Jack mit dem Zug ankam, war es bereits dunkel. Vom Bahnhof nach Hause war es nur ein kurzer Fußmarsch durch die Wallanlagen entlang des Flusses. Der Weg war karg ausgeleuchtet und kaum eine Menschenseele verirrte sich zu dieser Uhrzeit hierher. An diesem Abend war es besonders un-

93

heimlich und es drangen undefinierbare Geräusche an seine Ohren. Mit schnellen Schritten erreichte Jack die schmale Holzbrücke, die den Wallgraben überspannte. Man nannte sie auch die Wackelbrücke. Eine Geschichte erzählte, dass sie wackeln würde, wenn Menschen sie betreten, die kurz vorher gelogen hatten. Sein Zuhause war bereits in Sichtweite, als Jack raschen Schrittes die Brücke überquerte.

In Brückenmitte geschah allerdings, was noch nie jemand bis dahin wirklich erlebt hatte. Die Brücke schwankte heftig, und dichte Nebelschwaden zogen von der Wasseroberfläche über die Brüstung. Das Ufer und der Graben waren nicht mehr erkennbar. Jack tastete sich zum Geländer um Halt zu finden, denn die Holzbrücke wurde so stark erschüttert, dass er kaum noch einen festen Stand fand. Der Nebel umhüllte und erfasste ihn wie mit eisigen Händen. In den Schwaden erkannte er die Form eines Gesichtes, und aus tiefen Augenhöhlen starrten ihn funkelnde rote Augen an. Wie aus dem Jenseits sprach eine frostige Stimme:

„Leg dich nicht mit Mächten an, die du nicht begreifen kannst. Dies alles war bisher nur der Anfang, Jack. Das Ende wird alles was du erlebt hast, tausendfach überbieten und du überlebst es nicht.“

„Soso, Patrick, wenn du dich da mal nicht täuschst! Ich für mein Teil glaube nämlich, dass deine Überheblichkeit dich zu Fall bringen wird. Das ist das Problem aller bösen Mächte: Ihr kennt keine Demut und eure Machtgier ist grenzenlos. So, nun lass mich zufrieden. Du kannst mich schon lange nicht mehr mit deinen faulen Tricks beeindrucken.“

Jack schüttelte sich einmal kräftig und drehte sich um seine eigene Achse, als wollte er etwas Lästiges abstreifen. Allerdings ließ der Spuk nicht so einfach von ihm ab.

„Jack, du glaubst doch nicht wirklich, dass du mich so einfach los werden kannst. Da musst du dir schon etwas anderes einfallen lassen.“

„Aha“, erwiderte dieser, „soll ich dir mal sagen, was ich mir einfallen lasse? Ich ignoriere dich einfach. Du bist für mich nichts weiter als faul stinkende Luft, die man am besten wegatmet, um dagegen resistent zu werden.“

Jack ging einfach weiter und kümmerte sich nicht um Patricks Anwesenheit. Der wurde nun doch etwas lauter und versuchte durch seinen gewaltigen Zorn zu beeindrucken.

„Jack!“, donnerte es mit einer kräftigen Erschütterung der Brücke los, „du kannst mich nicht so einfach übergehen.“

Jack musste sich erst einmal wieder fangen, denn durch die Erschütterung hatte er das Gleichgewicht verloren und war auf seinem Hosenboden gelandet.

„Doch! Das kann ich, und du weißt genauso gut wie ich, dass du mir nichts anhaben kannst. So, nun sieh zu, dass du Land gewinnst, ich will nach Hause.“

Diese Worte schienen Patrick überzeugt zu haben und er verflüchtigte sich unter heftigem Grollen und langsam löste sich der Nebel in Wohlgefallen auf.

Zu Hause angekommen, musste Jack sich doch erst
einmal ein wenig sammeln. Auch, wenn er in dem
Moment seinem Gegner gegenüber Stärke gezeigt
hatte, so war er doch ganz schön angespannt. So
sicher war er sich seiner Sache nämlich auch wieder
nicht.

Seine Mutter erwartete ihn. Sie hatte im Wohnzimmer ein herzhaftes Mahl angerichtet. Der Raum
wurde durch still leuchtenden Kerzenschein erhellt.
Während der herzlichen Begrüßung und ihrer
mütterlichen Umarmung merkte sie sofort, dass
ihren Sohn etwas bewegte.

„Was ist passiert, Großer? Du bist ja ganz blass und
zittern tust du auch. Setz dich erst einmal hin."

„Ach, eigentlich ist es nichts Weltbewegendes. Es
war wieder einmal der Hund vom Nachbarn, der
unerwartet auf mich losstürmte. Du weißt ja, wie er
ist."

Jack wollte seine Mutter nicht unnötig beunruhigen,
und darum erzählte er ihr nicht, was wirklich auf der
Brücke geschehen war. Liebevoll strich sie über
seine Haare und sah in seine vertrauten Augen.

„Ich werde morgen mit unserem Nachbarn ein
ernstes Wort reden. Aber nun wollen wir den Abend
genießen und ein wenig schlemmen. Erzähle mir
von Hanna und Shean! Wie geht es ihnen?"

An diesem Abend wurde es spät. Mutter und Sohn
saßen noch lange am Tisch und redeten über die
vergangenen Wochen. Sie erzählten einander, was
sie erlebt hatten und schmückten es reichlich aus.

Irgendwann, weit nach Mitternacht, kehrte auch im Hause Hampton Ruhe ein.

Jack stand zunächst noch eine ganze Weile in seinem Zimmer und betrachtete die vielen alten Bilder seiner schottischen Ahnen. Er hatte eine ganze Reihe davon, angefangen mit seinem Vater, bis hin zu entfernten Verwandten einige Generationen vor seiner Zeit. Er nahm jedes einzelne Bild auf, um es für Minuten anzuschauen, so als wollte er mit den darauf abgebildeten Personen Zwiesprache halten. Jack hatte im Laufe der Jahre eine ganz ungewöhnliche Beziehung zu dieser Sammlung entwickelt und er meinte, dem einen oder anderen schon einmal persönlich begegnet zu sein. Seine Ähnlichkeit mit seinen direkten Vorfahren väterlicherseits fand er immer wieder verblüffend.

Nachdem er die Bilder lange betrachtet hatte, sollte auch für ihn die Nachtruhe beginnen. Er wälzte sich von einer Seite auf die andere und als ihn der Schlaf schließlich übermannte, wurde er von einem bewegenden Traum heimgesucht.

Er fand sich bei der Kathedrale von Elgin in Schottland wieder, als sie noch in voller Pracht und Vollkommenheit am Fluss Lossie stand. Man schrieb das Jahr 1390.

Viel Trubel war rund um die Kirche an jenem Abend. Ungewöhnlich eigentlich für diesen kalten Winter. Jack stand am Fluss, der in Ufernähe bereits zugefroren war. Er spürte die Nähe der bösen Macht und schaute sich in der Nähe der Kirche um. Je näher er kam, desto stärker wurde sein Empfinden, das Frösteln und die Gänsehaut glichen dem

Schauer einer starken Grippe. Als Jack das Hauptportal erblickte, sollte sich sein Gefühl bestätigen. Patrick war inmitten der Menschenmenge und kämpfte sich den Weg zum Seitenportal frei. Mehrfach schaute er sich nach Jack um, er wusste von seiner Anwesenheit. Eines war klar: Wo diese Gestalt auftauchte, da sollte schon sehr bald etwas Tragisches geschehen. Da kam urplötzlich auch viel Unruhe auf. Am Seitenportal zwischen den Hochkreuzen flackerten unruhig Fackeln, die von einer kleinen Gruppe Männer getragen wurden. Patrick wandte sich einer Person zu, es war vermutlich der Anführer der aufgebrachten Gruppe.

Jack näherte sich vorsichtig, um ein wenig mehr von dem Treiben dieser Menschen mitzubekommen. Als er nur noch wenige Meter entfernt war, hörte er deutlich das Gespräch zwischen den Männern. Patrick stachelte den Anführer an:

„Los Alex, brenne es nieder. Das Haus derer, die dich aus ihrem Kreis ausschließen wollen. Die Rache ist dein, du darfst es als Edelmann nicht zulassen, dass man dich derart erniedrigt.“

„Ja, brennen soll sie, die Kathedrale, lichterloh!“, grölte der Rest der Gruppe fanatisch.

Mit Schrecken erkannte Jack die Situation. Es war Alexander Stewart, auch „Wolf of Badenoch“ genannt. Er war aus der Kirche ausgeschlossen worden und wollte Rache nehmen. Patrick, wer sonst, hetzte ihn auf. Jack wollte das nicht zulassen. Er stürmte aus seinem Versteck auf die Gruppe zu und schrie:

„Nein, Patrick, dieses Mal werde ich dir einen Strich durch die Rechnung machen. Das werde ich verhindern. Ein Gotteshaus wirst du nicht niederbrennen lassen, du Teufel!"

Alle Augen richteten sich auf Jack und es kam der Befehl:

„Ergreift ihn, er ist ein Verräter und will unsere gerechte Sache vereiteln!"

Einige aus der Gruppe stürmten auf Jack zu und hielten ihn fest.

„Na, was nun?", grinste Patrick hochmütig, „meinst du noch immer, dass es in deiner Macht liegt, etwas zu ändern? Erinnere dich an unser Gespräch. Leg dich nicht mit mir an! Aber weißt du was? Ich habe da eine ganz besondere Überraschung für dich. Was hältst du davon, wenn ich dir alles aus aller nächster Nähe zeige? Das wolltest du doch ohnehin, oder weshalb bist du hier? Oh, was wird das für ein Schauspiel!"

Jack wurde zum Chorraum am östlichen Ende der Kathedrale gezerrt. Eine kleine Holztür an der Seite wurde mit einer Axt aufgestemmt und einer nach dem anderen verschwand im Innern der Kirche.

„Schau dich ruhig um, Jack. Kommt dir das bekannt vor?", fragte Patrick. Er drehte sich inmitten des Chorraumes und hielt seine Arme empor. So, als wollte er seine Großzügigkeit und Macht präsentieren.

Es war genau der Chorraum, den Jack bereits in früheren Träumen vor Augen hatte. Er wollte sich losreißen und schrie:

„Nein, nein, nicht den Chorraum. Hast du denn vor nichts Respekt?"

Patrick stellte sich vor seinem Widersacher auf, und es waren von Angesicht zu Angesicht nur wenige Zentimeter. Der kalte Atem des Bösen war deutlich zu spüren und Jack sah in funkelnde Augen.

„Was glaubst du eigentlich, wer ich bin? Ich lebe für das Böse und du Wurm wirst mich nicht aufhalten können. Nun, da ein Symbol deines Glaubens zerstört wird, wirst du mir so schnell nicht mehr ins Handwerk pfuschen. Du wirst merken, wie deine Welt langsam zerbröckeln wird"

Zwischenzeitlich hatten sich die Männer im gesamten Kirchenschiff verteilt und Alexander Stewart gab den Befehl, das Feuer zu entfachen. Die Flammen suchten ihr Futter und breiteten sich rasch aus, erfassten ein Heiligtum nach dem anderen, bis das Feuer eine Größe erreichte, die nicht mehr kontrollierbar war. Die Brandstifter hatten inzwischen das Weite gesucht. Patrick blieb noch eine Weile und genoss die Augenweide seines zerstörerischen Werkes. Mit höllischem Gelächter erfreute er sich an der todbringenden Kraft des Feuers, dann machte auch er sich davon.

„Jack! Jack, sieh es dir an! Dies ist mein Geschenk an dich!", hallte es durch die Kathedrale.

Inmitten des Infernos stand Jack. Um ihn herum fielen brennende Stützbalken zu Boden und die

Fensterscheiben zerplatzten mit lautem Getöse. Ein Glutregen prasselte nieder. Er blickte zu dem Kirchengewölbe hinauf und hoffte auf ein Wunder. Wie erstarrt stand er nun da und konnte sich wie unter Schock nicht mehr bewegen. Bis er plötzlich in der hintersten Nische eine Gestalt sah, die wie eine lebende Fackel hilflos umherlief und um Hilfe schrie. Es war der Pfarrer der Kathedrale, der offensichtlich von dem Feuer überrascht worden war.

Jack stand immer noch wie gelähmt inmitten des Großfeuers und starrte vor sich hin, bis er eine innere Stimme hörte:

„Jack wach auf, du musst helfen. Nur du kannst noch etwas ändern. Du musst das Gleichgewicht wieder herstellen."

Es war so, als hätte Hannes zu ihm gesprochen. Augenblicklich lief er durch das große Kirchenschiff, um den panisch umherlaufenden brennenden Geistlichen einzufangen. Als er ihn endlich packen konnte, brachte er ihn zu Boden. Mit größter Kraftanstrengung wälzte Jack den Körper des Pfarrers auf der Erde, um die Flammen zu ersticken. Inzwischen war die Hitze im Kirchenschiff unerträglich geworden und sie mussten sich eilen, aus dem Gefahrenbereich zu kommen, damit sie nicht doch noch Opfer der Flammen wurden.

Als Jack mit dem geretteten Pfarrer vor das Portal trat, standen Hunderte von Menschen vor dem brennenden Gebäude und starrten tatenlos auf die lodernden Flammen. Verzweifelt rief Jack in die Menschenmenge, um sie wach zu rütteln:

„Los! Bringt Wasser herbei, wir müssen das Feuer löschen! Los, holt Eimer, bildet eine Kette, noch können wir was retten.“

„Was kann man da noch retten? Das Feuer ist doch schon viel zu groß!“, antworteten mehrere Stimmen aus der Menge.

„Nein!“, gab Jack zurück, als würde es um sein eigenes Haus gehen, „es ist noch nicht zu spät. Wir sind genug und mit vereinten Kräften schaffen wir es.“

Langsam bewegten sich die Menschen. Die ersten gefüllten Eimer erreichten die große Brandstelle und mit lautem Zischen verdampfte das Wasser als wären es nur Tropfen auf einen heißen Stein.

„Ist hier irgendwo ein Arzt?“, rief Jack nach Hilfe ringend, „der Pfarrer braucht dringend medizinische Hilfe, er hat starke Verbrennungen.“

„Hier, ich bin Arzt! Ich werde mich um unseren Geistlichen kümmern. Wie schaut es mit ihnen aus? Brauchen sie auch Hilfe?“, schallte es hämisch zurück.

„Nein, mit mir ist alles in Ordnung. Ich muss mithelfen, das Feuer zu löschen. Dieses Mal darf dieser Teufel nicht siegen. Das muss unbedingt verhindert werden.“

Jack wollte den schwerverletzten Pfarrer gerade in die Obhut des vermeintlichen Mediziners geben, als er mitten in das boshafte Gesicht Patricks schaute.

Noch, bevor dieser Hand anlegen konnte, stellte sich Jack schützend vor den Verletzten und donnerte:

102

„Nein! Du wirst dieses Mal hier keine Macht haben. Ich versperre dir den Weg und wehe du rührst mich an, dann wird das dein Ende sein. Ich weiche nicht."

Mit hochrotem Kopf und funkelnden Augen plusterte sich das Ungeheuer auf, wurde größer und größer, um Jack anzufauchen:

„Stelle dich nicht zwischen mich und mein Opfer, oder du wirst meine gesamte Kraft zu spüren bekommen. Geh mir aus dem Weg, jetzt!"

Jack blieb unbeeindruckt stehen, weil er genau wusste, dass diese Kreatur es nicht wagen würde, ihm auch nur ein Haar zu krümmen. Einige Helfer hatten offensichtlich die Auseinandersetzung zwischen den beiden mitbekommen und stellten sich mit gefüllten Wassereimern hinter den Angreifer in Position. Einer von Ihnen, ein kräftig gebauter Kerl, mischte sich mit dunkler Stimme ein:

„He, was machen Sie da mit dem Mann? Lassen sie ihn in Ruhe!"

Patrick drehte sich um und wollte gerade zum Angriff übergehen, als er aus allen Richtungen eine Ladung Wasser bekam. Erschrocken und auch überrascht über so viel Entschlossenheit, suchte er das Weite.

„Danke! Das wurde wirklich Zeit", kam von Jack erleichtert, „ihr wart die Rettung in letzter Sekunde. Wisst ihr jemanden, der sich um den schwerverletzten Pfarrer kümmern kann?"

Ohne weiteres Zögern wurde der Geistliche von mehreren Frauen in medizinische Obhut gebracht.

Jack nahm sofort zwei Eimer, die auf dem Vorplatz der Kathedrale standen und reihte sich in die Kette der vielen helfenden Hände ein. Immer mehr Menschen erschienen am Brandort. Es waren Bewohner des kleinen Städtchens Elgin, aber auch aus den benachbarten Orten, die tapfer den Kampf mit den Flammen aufnahmen.

Die Rache und der Hass Patricks ließen nicht lange auf sich warten. Gemeinsam mit seinen Verbündeten, Alexander Stewart und dessen Gefolgsleuten, erschien er hoch zu Ross, um mit brennenden Fackeln das Feuer neu zu entfachen und attackierte die Helfer noch mit Knüppeln und Peitschen. In der Menschenmenge machte sich aber Widerstand breit. Erst waren es nur wenige, die sich mit Eimern oder Balkenstücken wehrten, und sie wurden immer mutiger. Hunderte Menschen nahmen schließlich den Kampf gegen das Böse auf, bis sowohl Patrick als auch Stewart mitsamt seinen

Männern in die Flucht geschlagen waren. Jubel brach aus und inmitten dieser stolzen und befreiten Menschenmenge stand Jack.

Ihm standen Tränen in den Augen und er wahr tief berührt, denn auch für ihn war es ein grandioser Sieg.

Das restliche Feuer zu löschen war nun nur noch eine Frage der Zeit. Bald waren es nur noch kleine Brandnester, die hier und da aufflackerten, aber die stolze Kathedrale war leider zu großen Teilen zerstört. Die vielen Menschen, die zum Löschen am Gotteshaus erschienen waren, hatten dennoch das Gefühl, etwas gewonnen zu haben. Sie hatten das Böse besiegt und sie waren eine große Gemeinschaft geworden, die ein Ziel vor Augen hatte. Sowohl Stolz als auch Zuversicht verbreitete sich unter den Menschen. Hier und da konnte man auch schon erste Stimmen hören, die von Wiederaufbau sprachen.

Jack suchte noch einmal den Chorraum der Kathedrale auf oder vielmehr das, was davon noch übrig geblieben war. Dieser Teil des Gotteshauses schien wie durch ein Wunder noch relativ gut erhalten. Allein das Dach und die Scheiben waren durch das Feuer zerstört worden.

Ein Gefühl der Erleichterung durchströmte Jack und vor seinen Augen verschwand die Kirche mitsamt ihrer Umgebung im Nebel.

Er wachte auf und fand sich in seinem Bett wieder. Brennende Schmerzen an Armen und Beinen gaben ihm das Gefühl, inmitten der kurz vorher geträumten Szenerie tatsächlich gewesen zu sein. Jack richtete sich auf und fühlte sich wie ein alter Mann. Als er in den Spiegel schaute, glaubte er, einem um zehn Jahre gealterten Menschen ins Gesicht zu blicken.

Eine ausgiebige Dusche erfrischte ihn, wobei das Altern und die brennenden Schmerzen nicht so einfach beiseite zu schieben waren. Er dachte nur daran, vor seiner Mutter einen wachen Eindruck zu machen.

Ein gutes und ausgedehntes Frühstück ließ Jack wieder zu Kräften kommen. Gestärkt konnte er nun seine große Reise antreten. Auch wenn er seiner Mutter gegenüber mehrfach erwähnte, dass er alt genug sei und alleine zum Bahnhof gehen könne, ließ sie sich nicht davon abbringen, ihren Sohn am Zug zu verabschieden. Bisher waren ihr an ihm die Veränderungen noch nicht aufgefallen, obwohl sein Altern eigentlich nicht zu übersehen war. Auch bei der letzten Umarmung und einem kräftigen Abschiedskuss erwähnte sie nichts. Jack fühlte allerdings, dass seine Mutter mehr wusste, als sie ihn spüren ließ. Sie gab ihm noch mit auf den Weg:

„Jack, ich wünsche dir eine wunderschöne Reise. Du wirst auf deine Fragen wahrscheinlich viele Antworten finden und einiges wird dir auch bekannt vorkommen. Vergiss aber nicht, wo du herkommst, mein Sohn."

Mit diesen Worten ließ sie ihn los und verließ zügig den Bahnsteig. Es war, als wollte sie vor etwas flüchten. Allerdings drehte sie sich noch einige Male um und suchte den Blickkontakt mit ihm, bis sie um die Ecke verschwand.

Einigermaßen verwirrt bestieg Jack den Zug. Er fragte sich, warum ihm in den letzten Tagen vor seiner Abfahrt der Abschied von vertrauten Menschen so endgültig vorkam. Gedankenverloren saß er im Zugabteil und umhüllt von Einsamkeit nahm er die anderen Mitreisenden kaum wahr. Erst als der Fahrkartenkontrolleur ihm auf die Schulter tippte, wurde seine Lethargie kurzzeitig unterbrochen. Der Zug fuhr in den Hamburger Hauptbahnhof ein, und mit kreischenden Rädern und einem heftigen Ruck kam er in der großen Bahnhofshalle zum Stehen. Erst als die anderen Fahrgäste unruhig der Tür zustrebten, bemerkte er, dass er auch aussteigen musste. Von der Menschenmenge regelrecht getragen, erreichte er einen der vielen Ausgänge des Großstadtbahnhofs. Von dort aus zum Hafen zu gelangen, war nicht mehr so problematisch. Den Anleger für die Englandfähre fand er aber doch nicht so schnell. Man mag es kaum glauben, aber viele Bürger der Stadt kannten ihn gar nicht und andere gingen davon aus, dass die Fähre gar nicht mehr in Richtung Übersee ablegen würde. Einige Monate später wurde tatsächlich der Fährbetrieb eingestellt. Jack war vor Aufregung heiß und kalt zugleich zumute, bis er endlich das Schiff in seiner ganzen Pracht vor sich sah. Als er dann auch noch seine Studiengruppe fand und Frederike ihm zur Begrüßung ein zärtliches Lächeln schenkte, wurde er wieder ruhiger. Zwar hatte er beim Anblick von Patrick wieder dieses Gefühl des Unbehagens, aber seine Gegenwart beunruhigte ihn nicht mehr so sehr. Er erinnerte sich an Hannes Worte:

„Jack, denke immer daran. Gut und Böse müssen ausgeglichen sein und sie gehören zusammen, wie der Himmel und die Erde. Das eine gibt es ohne das andere nicht."

Über die lange Gangway arbeitete sich die Gruppe bis zum Mitteldeck vor. Von dort aus hatte man einen herrlichen Blick über den Fischereihafen und die angrenzenden Wohnviertel. Jack und Frederike suchten sich ein schönes Plätzchen am Heck des Oberdecks, von wo aus sie das Ablegmanöver erleben wollten. Hoch oben über dem Wasserspiegel konnte man den Blick über die ausgedehnte Hafenanlage schweifen lassen. Sie genossen das emsige Treiben von Schleppern,

Hafenfähren und ankommenden Überseeschiffen. Die unterschiedlichsten Geräusche und Gerüche vermittelten ein Gefühl von Reiselust und Abenteuer. Vor wenigen Tagen saßen sie noch auf dem Deich und erlebten das Meer von seiner natürlichen Seite. Dieser große, geschäftige Hafen war die andere Form maritimen Lebens.

Starkes Vibrieren und der Ausstoß einer großen, schwarzen Rußwolke aus dem riesigen Schornstein kündigten an, dass es nun bald mit der Seereise losgehen sollte. Die dicken Tampen und Stahltrosse wurden gelöst und eingeholt. Am Kai standen viele winkende Neugierige, die sich dieses Schauspiel nicht entgehen lassen wollten. Die meisten an Deck stehenden Reisenden winkten freudig zurück. Mit einem tiefen und dröhnenden Signalton grüßte der Kapitän zum Abschied.

Die Seitenstrahler drückten den Koloss vom Kai und als der Abstand ausreichend war, begann das große Schiff seine Fahrt in Richtung Meer. Noch eine ganze Weile standen Jack und Frederike an Deck und sie schauten auf die stetig kleinerwerdenden Hafenanlagen, die mehr und mehr im Dunst verschwanden. Es war, als würde ein Vorhang fallen, der die letzte Szene eines Theaterstücks verhüllen wollte. Langsam trennten sich die beiden von ihrem Beobachtungsposten. Jack drehte sich noch einige Male um, als wollte er noch einen letzten Blick auf das Gewesene wagen. War es vielleicht eine ferne Vergangenheit, die ihn in den letzten Tagen so oft eingeholt hatte? Wollte er womöglich an ihr festhalten, weil er Angst hatte, in der Zukunft etwas zu finden, dem er nicht gewachsen sein würde?

Eine Seefahrt ist nicht immer lustig

Die Nacht auf See verbrachte Jack in einem tiefen, traumlosen Schlaf. Er lag, wie die meisten seiner Studienkollegen, in einem dieser Schlafsessel. Frederike hatte sich neben ihm niedergelassen, allerdings konnte auch sie in dem nicht besonders bequemen Sessel kaum Schlaf finden. Während er gut erholt in den frühen Morgenstunden aufwachte, schaute sie ihn im Halbschlaf mit zerknittertem Gesicht an und machte einen völlig geräderten Eindruck.

Vorsichtig erhob sich Jack aus seinem Sessel und flüsterte:

„Ich glaube, du solltest versuchen, noch ein wenig Schlaf zu finden. Ansonsten wird die Reise für dich reichlich anstrengend. Es ist noch genügend Zeit, ich werde dich nachher rechtzeitig wecken.“

„Tu das!“, murmelte sie verschlafen und schloss die Augen.

Jack wollte sich ein wenig Seeluft um die Nase wehen lassen. Vorher holte er sich aber noch einen Becher heißen Kaffee. An Deck wehte ihm ein leichter Wind entgegen. Es roch nach Salzwasser und neben den Windgeräuschen war lediglich das leise Rauschen der Bugwelle zu hören. Die Stimmung war gespenstisch, da dichter Nebel das Schiff einhüllte, und vom Oberdeck aus war der Schiffsbug kaum zu erkennen. Jack lehnte sich über die Reling an der Steuerbordseite und schlürfte genussvoll seinen Kaffee. Er ließ diese Stimmung auf sich wirken und horchte dabei angestrengt in die Dunstschwaden.

Entweder war es die Müdigkeit oder die Fähre näherte sich langsam der Küste. Aus dem stetig dichterwerdenden Nebel hallten Stimmen und andere undefinierbare Geräusche herüber, die in ihrer Intensität auf- und abschwollen. Zu erkennen war zunächst noch nichts, verschwommen

110

zeichneten sich zerrissene Umrisse vor Jacks Augen
ab. Er konnte nichts genaues erkennen.

Silhouetten tauchten in größer werdender Anzahl
aus dem Dunst auf und verschwanden wieder. Aus
den Schattenbildern wurden klar umrissene Schiffe,
die plötzlich überall waren. Merkwürdigerweise
waren keine Motorengeräusche zu hören, sondern
vielmehr Segelkommandos, wie man sie in alter Zeit
kannte. Während sich für Jack die Szenerie immer
deutlicher entwickelte, verblasste die Fähre, auf der
er fuhr, bis sie schließlich verschwand. Der Nebel
lichtete sich langsam und so weit das Auge reichte,
bewegten sich auf dem Wasser Kriegsschiffe unter
vollen Segeln.

Jack fand sich an Deck eines dieser Segelschiffe
wieder. Ein wenig desorientiert drehte er sich um
und fragte sich, in welchen Traum er nun wieder
geraten sei.

„Mr. Hampton“, hörte er und ziemlich verstört wandte er sich einem neben ihm stehenden jungen Leutnant zu.

„Ja? Was ist?“

„Lord Nelson wünscht Sie zu sprechen.“

„Lord, wer? Wo bin ich eigentlich? Was ist das hier für ein Aufzug von Segelschiffen und wie sind Sie überhaupt angezogen?“

„Aber sagen Sie bloß, Sie wissen das nicht! Was ist mit ihnen los? Wir stehen kurz vor einer der größten Seeschlachten am Kap Trafalgar und Sie haben die Ehre auf der *Victory* dem Schauspiel beiwohnen zu können. Nun ja, Sie sollen ja später auch Bericht erstatten.“

„Kneifen Sie mich. Das ist doch alles nur ein Traum, oder? Welches Datum schreiben wir?“

„Wir schreiben das Jahr 1805 und heute ist der 21. Oktober. So, nun werde ich Sie kneifen. Aber dann werden Sie mich zum Admiral begleiten, der ist nämlich außer sich.“

In Lord Nelsons Salon angekommen, rannte dieser wie aufgezogen auf und ab. Kapitän Thomas Hardy stand mitten im Raum und zuckte hilflos mit den Schultern.

„Nun hören Sie sich das mal bitte an“, tobte Nelson, „man erwartet tatsächlich von mir, dass ich an Deck während des Kampfes eine normale, unscheinbare Uniform ohne Rangabzeichen und Orden tragen soll. Was sagen Sie dazu? Ich warne Sie, bevor Sie sich dazu äußern, überlegen Sie, was Sie sagen!“

Alle im Raum Anwesenden starrten Jack erwartungsvoll an, der angestrengt überlegte, wie er eine passende, aber auch diplomatische Antwort geben konnte. Mit gerunzelter Stirn und aufgestütztem Kinn stand er da. Er versuchte, ohne großartig aufzufallen oder in ein Fettnäpfchen zu treten, sich der neuen Situation anzupassen.

Minutenlang sagte man kein einziges Wort und in solch einer Situation, das mag man wohl glauben, kann eine sonst so kurze Zeitspanne, wirklich lang werden. Ganz besonders dann, wenn ein Lord Nelson im Raum angespannt auf und ab ging.

„Nun, Hampton, was raten Sie mir?", brach der Admiral das Schweigen.

„Ja, was soll ich Ihnen raten? Was haben Sie denn bei den letzten Gefechten so getragen?"

„Was ist denn in Sie gefahren? Wollen Sie mich für dumm verkaufen?", entgegnete Nelson wütend. „Sie als mein langjähriger Kriegsberichterstatter fragen mich so etwas? Was für eine Farce! Natürlich trug immer meine Uniform mit den Rangabzeichen, das wissen Sie doch!"

„Na, was gibt es da noch für Unklarheiten. Dann sollten Sie dies natürlich auch heute bei der alles entscheidenden Schlacht tun, wenn es auch nicht angeraten ist und für Sie gewisse Gefahren birgt. Sie sollten nicht vergessen, dass Sie mit ihrem Outfit..."

„Was war das eben?", unterbrach ihn Nelson abrupt, „Outfit? Was ist denn das für ein Wort? Woher haben Sie derartige Ausdrucksweisen, Hampton?"

„Oh, entschuldigen Sie bitte, Sir. Es ist ein wenig neumodisch und bedeutet soviel wie Kleidung. Aber umso mehr sollten Sie bei allem Respekt nicht vergessen, dass Ihre Kleidung Sie zur Zielscheibe macht. Aber, wenn sie sich in der Uniform wohler fühlen, so sollten Sie darauf nicht verzichten.“

„Das werde ich auch nicht, und niemand kann mich davon abhalten. So, nun lassen Sie mich die letzten Minuten alleine. Ich muss mich konzentrieren.“

Gemeinsam mit dem Leutnant und Hardy verließ Jack den Salon und kaum war die Tür hinter ihnen ins Schloss gefallen, redete Hardy auf ihn ein:

„Wie können Sie Lord Nelson nur so etwas raten. Das ist pure Unvernunft. Sie wissen doch genauso gut wie ich, dass er bei den letzten Gefechten schon erheblich verletzt wurde. Lange geht das nicht mehr gut.“

„Käpt'n“, entgegnete Jack und rückte ihm ungebührlich nahe, „ich weiß nicht, wie ich hier hergekommen bin und ich wurde von einem auf den anderen Moment mit dieser Situation konfrontiert. Wenn Nelson in seiner verdammten Uniform die letzten Schlachten überlebte, so wird er es auch dieses Mal schaffen. Wenn nicht, so ist es Gottes Wille und den alten Herrn dort oben wollen wir ja wohl nicht enttäuschen, oder? Außerdem, was hilft ihnen ein unzufriedener Admiral und das auch noch kurz vor dem Gefecht?“

Sprach's und machte auf der Stelle kehrt, um an Deck zu gehen. Dabei konnte er gerade noch Hardys Worte hören:

„Was ist mit dem denn los? So kenne ich ihn ja gar nicht?"

Auf dem Meer hatte sich inzwischen einiges bewegt. Die gesamte Flotte der Franzosen und Spanier hatte den Hafen von Cadiz verlassen. Die Schiffe nahmen die im 18. Jahrhundert bestehende Standardschlachtordnung ein, die da besagte, dass sich die Schiffe wie auf einer Perlenkette in einer Linie aufreihten, um so während des Gefechtes den Parallelkurs zum Gegner halten zu können. Hierzu wurden insbesondere die Linienschiffe, wie die Victory, entwickelt, damit diese Formation während einer Seeschlacht erhalten blieb. So standen dort also zweiunddreißig gefechtsbereite Segelschiffe der alliierten Kriegsflotte in Reih und Glied der britischen Flotte gegenüber.

Die Sonne stand hoch am Himmel und erwärmte die Luft. Der Wind war abgeflaut und nur langsam näherten sich die beiden Flotten bis auf zwei drei Meilen. Nelson hatte seine Angriffsflotte von lediglich siebenundzwanzig Schiffen in zwei Linien zu einem Keil formiert. Die der Wetterseite zugewandte Linie führte der Admiral mit seiner Victory persönlich an. Er erschien in seiner vollständigen Uniform an Deck und ließ an alle Schiffe das berühmte Signal übermitteln:

"England vertraut darauf, dass jeder Mann seine Pflicht tut."

In vielen Überlieferungen steht geschrieben, dass die Mannschaften sich zu regelrechten Begeisterungsstürmen hinreißen ließen. Aber in Wirklichkeit war das ganz anders. Nelson stand an Deck und wartete auf eben diese Reaktion, denn die Jubelrufe hielten sich sehr in Grenzen. Der übermittelte Text sorgte eher für Irritationen.

„Hardy, was ist los mit den Männern, sind sie etwa kriegsmüde?“, wollte Nelson wissen.

„Sir, das glaube ich wohl nicht, vielmehr werden sie sich wohl auf das Gefecht konzentrieren. Vielen ist wohl auch bewusst, dass wir zahlenmäßig unterlegen sind.“

„Das tut nichts zur Sache! Ich sage nur, Klasse statt Masse! Das ist ja wohl entscheidend.“

Jack wollte sich diese großspurigen Worte nicht länger anhören und suchte den verantwortlichen Signalleutnant auf, um ihn nach dem genauen Wortlaut der Nachricht zu fragen.

„Na, ich signalisierte genau das, was mir der Admiral befahl. England erwartet, dass jeder Mann seine Pflicht tun wird.“

„Na, dann ist es ja kein Wunder, dass es zu Verwirrungen kam. Im eigentlichen Text heißt es doch, dass England darauf vertraue, oder?“

„Meine Güte, das wird aber reichlich Ärger für mich geben.“

„Keine Sorge, von mir wird niemand etwas erfahren. Sie müssen sich nun aber den richtigen Text einprägen, sonst fällt es auf.“

Jack gesellte sich wieder zum Kapitän, der ihn unvermittelt fragte:

„Na, was sagt der Leutnant?“

„Nur, dass er das von Lord Nelson geforderte Signal übermittelt habe."

Noch während Jack antwortete, waren aus der Ferne die ersten Fernschüsse der alliierten Seeflotte zu hören. Die Wasserfontänen zeigten deutlich, dass sie ihr Ziel noch weit verfehlten. Nelson beugte sich weit über die Brüstung des Oberdecks und präsentierte sich siegesgewiss:

„Lächerlich! Was für eine Verschwendung! Los lasst uns den Franzosen und Spaniern zeigen, dass wir uns nicht aufhalten lassen. Ich möchte mitten rein und wir gehen dann in den Nahkampf über."

Damit ließ Lord Nelson die Schlacht beginnen. Zügig näherte sich der englische Keil der französisch-spanischen Schiffslinie, die mit Dauerfeuer reagierte.

Als Nelson mit seiner Victory die feindliche Linie erreichte, tobte weiter südlich bereits seit zwanzig Minuten der Kampf zwischen den unter Admiral Collingwoods Kommando stehenden englischen Schiffen und feindlichen Verbänden. Gebannt schaute Lord Nelson auf die Kampfhandlungen und er ließ sich überhaupt nicht durch die immer näher kommenden Einschläge der Kanonenkugeln beirren, er kannte es nicht anders. Es war sein Lebensinhalt.

Erst als die feindlichen Schiffe eingehüllt von Pulverdampf unmittelbar vor dem Bug der Victory auftauchten, wandte sich der Admiral dem aktuellen Geschehen zu.

„Wo ist Villeneuves Flagge? Wieso ist seine *Bucentaure* nicht gekennzeichnet. Das hat er doch bewusst gemacht! Schiebt die Victory genau zwischen ihn und die *Santassima*!", befahl Nelson.

Langsam schob sich das Flaggschiff zwischen die beiden feindlichen Kriegsschiffe. Zwar versuchte man auf Feindesseite dies durch ein Manöver zu verhindern, aber es misslang. Mit heftigen Kanonensalven wurde die wendende *Bucentaure* unter Beschuss gesetzt. Die Victory wurde, mehrfach von diversen Salven getroffen, am Heck erschüttert. Die Holzplanken zersplitterten und Menschen flogen verletzt und vor Schmerzen schreiend durch die Luft.

Jack stand mit schreckgeweiteten Augen auf dem Oberdeck und hatte Todesangst. Er rechnete nicht damit, hier wieder lebend herauszukommen. Dichtes Musketenfeuer ließ die Mannschaft auf der Victory in Deckung gehen und jede Aktivität von Angriff oder Verteidigung blieb für kurze Zeit aus. Orientierungslos und ahnungslos, von welchem Schiff die Angriffe kamen, warteten die Soldaten die Salven ab.

Nelson dagegen spazierte über das Deck, als würde er auf einer Promenade flanieren. Er präsentierte sich in seiner Ehrenuniform und gab in alle Richtungen Befehle:

„Was ist mit euch los, ihr trüben Tassen. Ihr versteckt euch doch wohl nicht vor der *Redoubtable*. Da kommt doch auch schon unsere *Temeraire* zur Hilfe. Also los Männer, raus aus euren Löchern!"

„Lord Nelson, nun seien Sie doch vernünftig und ziehen sich aus der Schusslinie zurück. Es hat

118

wirklich nichts mit Feigheit zu tun, wenn man sich aus der Gefahr begibt", forderte Thomas Hardy ihn mehrfach auf.

Der Admiral war allerdings so versessen, dass er die warnenden Worte nicht hörte. Die attackierende Redoutable war inzwischen so nah, dass man die Schützen durch den dichten Pulverdampf deutlich erkennen konnte. Jack konnte aus seiner Deckung heraus die Aktivitäten auf dem Deck des Angreifers beobachten. Meistens kam das Musketenfeuer aus verdeckten Positionen. Nur ein Schütze stand mitten auf dem Deck. Ohne ein weiteres Wort entriss Jack dem Offizier neben sich das Fernrohr und nahm diesen Soldaten genauer ins Visier. Ihm fuhr ein gewaltiger Schreck durch die Glieder. Den Schützen kannte er sehr wohl. Es war Patrick, der gerade zum Schuss ansetzte und auf Lord Nelson zielte.

„Nelson! Vorsicht!", schrie Jack los, „gehen Sie in Deckung."

Er ließ das Fernrohr zu Boden fallen und schnellte aus seiner Deckung hervor. Er wollte den Lord zu Boden reißen, aber noch bevor er ihn erreichen konnte, brach der Schuss los. Der englische Oberbefehlshaber zuckte im gleichen Augenblick zusammen und fiel kurz danach kraftlos vornüber. Jack hob den erschlafften Körper an, aber dann wurde er selbst durch einen weiteren Schuss eines anderen Schützen getroffen. Langsam sackten beide zu Boden und noch während des Fallens sah er Patricks hämisches Grinsen, der zufrieden seine Muskete senkte und sich vom Geschehen abwandte. Thomas Hardy eilte herbei, um den schwerverletzten Lord Nelson unter Deck zu bringen, während sich einer seiner Offiziere um Jack kümmerte.

„Mr. Hampton, hallo", drang immer wieder an sein Ohr und die Worte verblassten mehr und mehr in der Ferne.

„Hallo, hallo", hörte Jack immer lauter und deutlicher und eine ihm unbekannte männliche Person beugte sich über ihn.

„Ah, da sind Sie ja wieder. Ist alles in Ordnung? Sie sind vermutlich umgekippt und Ihren Kaffee haben sie auch verschüttet. Kommen Sie, ich helfe Ihnen hoch!"

„Wo bin ich? Wer sind Sie?"

„Wir sind auf der Fähre nach England, und ich bin ein Passagier, der zufälligerweise hier entlang kam."

„Jetzt erinnere ich mich. Oh, meine Güte. Wie konnte das bloß wieder passieren? Aber vielen Dank, dass Sie mir geholfen haben."

Jack stützte sich noch eine Weile an der Reling ab, bevor er den Ruheraum aufsuchte. Wie lange er dort an Deck vor sich hingeträumt und vermutlich auf dem Boden gelegen hatte, blieb für ihn ein ungelöstes Rätsel. Aber mittlerweile war die Küste von England deutlich sichtbar. Deutlich sichtbar war auch der riesige braune Kaffeefleck auf seinem Hemd, den er mit seinen Armen zu verdecken suchte. Auf dem Weg zum Ruhesessel ließ er sich einen neuen Kaffee aufbrühen.

Frederike lag noch immer zusammengekauert im Sessel und schlief. Vorsichtig beugte Jack sich über sie und ließ den Duft des dampfenden Kaffees in ihre Nase ziehen. Dabei flüsterte er ihr ins Ohr:

„Guten Morgen, es wird Zeit, wach zu werden. Die englische Küste ist in Sicht."

„Wirklich? Das ging aber schnell. Ich fühle mich nicht besonders ausgeruht, wenn ich das mal so sagen darf."

Langsam rutschte sie in die Senkrechte und begann, den heißen Kaffee zu schlürfen.

„Oh, tut der gut. Das ist echt lieb von dir, dass du mir einen Becher mitgebracht hast. Was ist denn mit deinem Hemd passiert? Hast du deinen Kaffee darüber geschüttet? Du sollst Kaffee trinken und nicht verschütten. Hast du davon schon gehört?"

„Ja, ja, wer den Schaden hat, braucht für den Spott nicht zu sorgen. Ich hätte ihn auch viel lieber getrunken, als auf diese Weise vergeudet."

„Komm her, nimm einen Schluck von meinem."

Dankbar nahm Jack die Einladung an und nippte einige Male vorsichtig an dem „koffeinhaltigen Heißgetränk". Währenddessen kramte Frederike in ihrem Rucksack und zauberte ein Stück Kuchen heraus.

„Schau mal", präsentierte sie mit leuchtenden Augen, „den habe ich noch schnell vor der Abfahrt gebacken, Topfkuchen mit Schokolade."

So saßen sie nebeneinander, schlürften gemeinsam an einem Becher Kaffee und schlemmten selbstgebackenen Marmorkuchen. Die Fähre erreichte mittlerweile die Mole zur Hafeneinfahrt.

„Komm", drängelte sie und reichte Jack ihre Hand, „lass uns an Deck gehen und die Einfahrt in den Hafen genießen."

Jack schob sich noch schnell das letzte Stück Kuchen in den Mund und folgte ihr kauend und krümelnd. An Deck angekommen, passierte das Fährschiff gerade den Küstenstreifen: Dort, wo der Sandstrand langsam in feine Rasenflächen überging und sich an der kurvenreichen Küstenstraße die grauen Häuser im typisch englischen Stil wie auf einer Perlenkette aufreihten.

„So habe ich mir England vorgestellt", schwärmte Frederike.

Beide lehnten an der Reling und ließen sich die feine Brise um die Nase wehen. Das Wetter war typisch englisch, grauer Himmel und ein weicher Nieselregen hüllten die Landschaft ein. Über den Köpfen der Passagiere segelten kreischend einige Seemöwen und am Ufer standen eine ganze Reihe von Zuschauern, die es nicht verpassen wollten, die Touristen vom Kontinent auf ihrer Insel zu begrüßen. Man winkte freundlich, was selbstverständlich durch die Passagiere der Fähre erwidert wurde.

Langsam bahnte sich der riesige Schiffskörper seinen Weg durch die schmale Hafeneinfahrt. Links und rechts tanzten kleine bunte Fischerboote, die wie Spielzeug wirkten, auf den seichten Bugwellen. Nach einer etwa einstündigen Einfahrt in den Hafen, war es endlich soweit. Die Verbindung zum Festland war wieder hergestellt.

Auf der Insel angekommen

Nach dem Ausschiffen ging die Reise von Newcastle mit dem Bus nach Schottland weiter. Es war zwar zunächst ungewohnt, dass die Fahrzeuge auf der linken Seite fuhren, aber das wurde schnell zur Nebensächlichkeit. Fast die gesamte Reisegruppe wurde noch vor Erreichen der Stadtgrenze vom Schlaf übermannt. Sowohl Frederike als auch Jack sackten immer tiefer in ihre Sessel, bis auch sie wie durch einen Sog in das Reich der Träume glitten.

Allerdings schliefen nicht alle im Bus. Neben dem Fahrer war noch jemand wach geblieben. Patrick beobachtete mit Argusaugen die schlafende Gemeinschaft, insbesondere nahm er seinen Erzfeind ins Visier, wie er den Schlaf des Gerechten schlief und so einfach zum Opfer werden konnte. Langsam drängte sich Patrick in Jacks Traumwelt, der kaum noch unterscheiden konnte, was Realität und was Scheinwelt war.

Es war dämmerig im Bus geworden und als Fahrer saß plötzlich Patrick am Steuer. Er grinste Jack verächtlich an.

„Na, wie findest du das? Jetzt wollen wir mal eine richtige Höllenfahrt unternehmen. Was für ein Spaß!"

Jack schaute sich um und sah die schlafende Reisegesellschaft. Er stand auf und ging durch die Reihen, um jeden einzelnen wach zu rütteln. Aber vergebens, niemand reagierte.

„Was hast du vor? Willst du uns das Verderben bringen? Hör endlich auf damit und lass mich in Ruhe!", fuhr Jack seinen Kontrahenten an und lief nach vorne, um das Schlimmste zu verhindern. Zu spät, Patrick machte eine heftige Lenkbewegung nach rechts und verließ mit dem Bus über die Gegenfahrbahn die Straße. Einige entgegenkommende Autos bremsten stark und fuhren ineinander. Was aus denen wurde, war nicht mehr zu erkennen. Der Bus raste einen Abhang hinunter, quer durch die unbefestigte Landschaft. Mit starrem Blick schaute Jack auf den Fahrersitz und wollte gerade etwas sagen, als er feststellte, dass der Sitz leer war. Fassungslos und ohne Zeit für weitere Überlegungen, schob er sich mühsam hinter das Lenkrad, was bei dieser rasenden Fahrt durch das Gelände kaum möglich war. Die Passagiere hatten bisher von alledem nichts mitbekommen und jeder schlummerte weiter.

„Na, kriegst du das hin oder versagst du wieder?", säuselte ihm Patrick plötzlich von links ins Ohr und baute sich neben dem Fahrersitz auf.

Angestrengt versuchte Jack das Fahrzeug unter Kontrolle zu bekommen. Das war allerdings kaum möglich, denn die Bremsen waren ausgefallen.

„Du lässt auch nichts aus. Was bezweckst du eigentlich immer mit diesen Aktionen? Fühlst du dich gut dabei?"

„Das will ich dir gerne sagen, Jack Hampton. Ich will dir zeigen, was für ein kleines Licht du im Gegensatz zu mir bist. Huch, pass auf, da vorne kommen ein paar Bäume! Das könnte das Ende dieser kleinen Ausfahrt bedeuten.“

Der Bus steuerte direkt auf einen Wald zu und die Geschwindigkeit schien sich ständig zu vervielfachen, so dass Jack kaum noch Herr der Lage war.

Er schaute Patrick für einige Sekunden tief in die Augen und ließ sich durch ihn in keiner Weise beeindrucken.

„Nein!!“, schrie er, „du wirst mich nicht einschüchtern. Ich zeige dir, wie klein du bist und wer ich bin.“

Einige orientierende Blicke nach links und rechts und Jack wusste die Lösung, um das Unglück abzuwenden. Mit einer energischen Lenkbewegung nach links, brachte er den Bus in eine gefährliche Seitenlage und er wäre auch beinahe umgekippt. Allerdings bekam Jack durch ein geschicktes Lenkmanöver die Situation gleich wieder unter Kontrolle und fürs Erste war die Gefahr gebannt. Der Wald kam nicht näher und der Bus fuhr eine Anhöhe hinauf, wobei sich nach und nach die Geschwindigkeit reduzierte, bis die Räder zum Stillstand kamen. Die Passagiere schliefen noch immer seelenruhig.

„So, du meinst also, dass damit die Gefahr gebannt sei“, warf Patrick zynisch ein.

Langsam begann sich der Bus rückwärts in Bewegung zu setzen. Jack zog die Handbremse bis zum Anschlag an, nur tat sich nichts, genauso wie bei der Fußbremse. Da schoss es ihm durch den Kopf: Wenn er nun bergauf Gas gab, so müsste er den Reisebus langsam wieder kontrolliert bewegen können. Vorsichtig trat er auf das Gaspedal und dosierte so die Motorkraft. Zunächst passierte nicht sehr viel, aber nach und nach wurde die Rückwärtsbewegung gestoppt. Als die Kraft stark genug war, fuhr der Bus auch wieder vorwärts und beherzt lenkte Jack ihn bergauf, bis er in einiger Entfernung eine große Mulde erblickte, auf die er zielstrebig zufuhr. Sein Kontrahent beobachtete die Manöver argwöhnisch und es gefiel ihm gar nicht, denn er hatte sich das alles ganz anders vorgestellt. Mit einem markerschütternden Schrei löste sich Patricks Teufelsgestalt in Wohlgefallen auf. Ein heftiger Ruck erfasste den Bus mitsamt den Insassen und das linke Vorderrad landete gezielt und gewollt in der Vertiefung. Die Irrfahrt endete an der Stelle sicher und unbeschadet.

Alsbald verschwammen die Traumbilder hinter einem Schleier, und Jack war wieder in der realen Welt. Er schreckte hoch und schaute sich im Bus um. Sein Blick ging erst einmal nach vorne und er sah glücklicherweise den erfahrenen Fahrer hinter dem Lenkrad sitzen. Alle Studienkollegen saßen auf ihren Plätzen und waren wohlauf. Einige unterhielten sich, andere schlummerten noch immer vor sich hin. Patrick saß auf der Rückbank und grinste Jack in gewohnter Weise überheblich ins Gesicht. So, als wäre niemals etwas geschehen. Neben ihm saßen seine „Jünger", die gerade dabei waren, sich gegenseitig schmutzige Witze zu erzählen oder sich über andere lustig zu machen. Ihr derbes Gelächter war zunehmend lästig.

Frederike war schon etwas länger wach und plauderte ein wenig mit anderen Studienkollegen. Als sie bemerkte, dass Jack auch nicht mehr schlief, setzte sie sich wieder neben ihn. Fürsorglich fuhr sie ihm durchs Haar und schaute dabei besorgt in seine Augen.

„Hey Jack, was ist mit dir? Du siehst aus, als hättest du wieder einen von deinen schlechten Träumen gehabt."

„Richtig erkannt. Es wird wohl nie aufhören. Bevor ich losfuhr, meinte meine Mutter noch zu mir, dass ich hier in Schottland einige Antworten finden würde. Dabei schaute sie mich recht sorgenvoll an. Je mehr ich darüber nachdenke, desto weniger habe ich das Bedürfnis, Antworten dieser Art zu bekommen."

„Wie kann ich dir bloß helfen? Das kann doch so nicht weiter gehen. Auf Dauer wird es dich noch zerstören. Kannst du nicht einfach an etwas anderes denken, um nicht mehr diese Träume zu haben?"

„So einfach geht es leider nicht. Irgendwie habe ich auch das Gefühl, dass es meine Bestimmung ist und der kann ich mich nicht so einfach entziehen. Sieh mal, diese Fotos, fällt dir an ihnen etwas auf?"

Jack holte aus seinem Rucksack einen Stapel Bilder, auf denen einige seiner Vorfahren abgebildet waren.

„Warum hast du all diese Bilder mitgenommen? Vor allen Dingen, wer sind diese Personen und woher hast du diese umfangreiche Sammlung?"

„Dies ist zum Beispiel mein Urgroßvater. Er war Heizer bei der schottischen Eisenbahn."

„Der ist dir ja wie aus dem Gesicht geschnitten, Jack! Die Ähnlichkeit ist echt verblüffend."

„Hier wurde mein Vater fotografiert. Er präsentierte sich stolz in seiner schottischen Polizeiuniform. Leider kam auch er in Ausübung seines Dienstes ums Leben."

„Das tut mir wirklich leid. Du hast mir nie davon erzählt. Kannst du dich an deinen Vater noch erinnern?"

„Nein, er starb kurz vor meiner Geburt. Meine Mutter lebte da noch in Schottland, wo sie meinen Vater auch kennenlernte. Erst nach dem Unglück ging sie zurück nach Deutschland."

„Aber auch er sieht dir total ähnlich. Zeig mal die anderen Bilder her. Hier, wer ist das? Oder, auch auf diesem Bild! Es ist, als hätte man dich fotografiert. Hier stimmt doch etwas nicht, Jack. Ich finde das ganz schön unheimlich."

„Der eine auf dem Foto dort ist mein Großvater und die anderen sind Onkels oder andere entfernte Verwandte von mir. Das Erschreckende ist, dass keiner der direkten Vorfahren unter normalen Umständen starb. Entweder starben sie durch ein Unglück oder sie fielen einem Verbrechen zum Opfer."

„Das hört sich nicht gut an, Jack! Wirklich nicht gut."

Frederike schaute ihn dabei mit bekümmerter Mine an, dann blätterte sie in dem Stapel Fotos weiter. Ein Bild glich dem anderen, sie unterschieden sich lediglich in Farbe, Qualität und der Kleidung, sowie dem Alter der abgebildeten Personen. Einer war auf allen Fotos allerdings identisch, es war Jack.

„Es kommt ja noch besser. Die jeweiligen Nachkommen wurden unmittelbar nach dem Tod ihrer Väter geboren, genau wie ich. Das ist auch das, was mich beunruhigt."

„Das würde mich allerdings auch nicht unbedingt gelassen stimmen, wenn ich ehrlich bin."

„Weißt du welche Frage mich seit einiger Zeit beschäftigt? Wann beginnt das Leben? Zu welchem Zeitpunkt hat ein Lebewesen eine Seele, wann ein Bewusstsein?"

„Du kannst Fragen stellen. Das Leben beginnt selbstverständlich damit, wenn eine Eizelle befruchtet wird."

„Ja, ja, darüber bin ich mir auch im Klaren, aber hat dieses kleine ungeborene Wesen dann auch schon eine Seele oder ein Bewusstsein?"

„Nein. Ich glaube nicht, denn es ist sich noch nicht seiner Existenz bewusst. Das fängt sicherlich erst später an. Aber warum willst du das so genau wissen?"

„Warum ich das alles so genau wissen will? Na, weil es mit meiner Vergangenheit zu tun hat. Bisher meinte ich, dass ich mir das alles nur einbilde und die Träume Hirngespinste seien. Allerdings fügt sich alles langsam zusammen und du gibst mir dafür die Bestätigung."

Jack hielt einen Moment inne und schaute Frederike nachdenklich an. So, als wollte er erst einmal seine Gedanken sammeln, um auf keinen Fall etwas Falsches zu sagen.

„Ja, nun sag schon, was dir aufgefallen ist. Bei all den Merkwürdigkeiten, die ich mit dir in den letzten Wochen erlebt habe, kann mich bald nichts mehr überraschen."

„Nun ja, meine Mutter war im vierten Monat schwanger, als mein Vater im Einsatz umkam. Als meine Großmutter in anderen Umständen war und mein Opa starb, soll es ähnlich gewesen sein. Wie es sich bei meinen anderen Vorfahren verhielt, kann ich nun nicht genau sagen. Allerdings vermute ich da Ähnliches. Siehst du nun langsam die Zusammenhänge?"

Frederike saß wie versteinert und sehr blass da und wusste zunächst gar nichts zu sagen. Das bedeutete bei ihr schon einiges.

Die Laune unter ihren Studienkollegen wurde zunehmend heiterer, weil einige Stimmungslieder zum Besten gaben. Die Seiten der Gitarren wurden bis aufs Äußerste bearbeitet, es klang nicht immer schön, aber selten.

„Frederike! Jack!", forderten sie einige auf, „kommt doch auch herüber, den Spaß dürft ihr euch nicht entgehen lassen."

Da wollten die beiden nicht weiter außen vor sein und gesellten sich zu der lustigen Runde. Für den Rest der Tour wurde ein Wander-, Seemanns- oder Trinklied nach dem anderen angestimmt und traumhaft schön zog die schottische Hügellandschaft an ihnen vorbei. Wie ein samtweicher Teppich überzogen die satten grünen Wiesen die Landschaft. Hier und da unterbrachen Steinwälle das Grün und Schafe lockerten wie weiße Farbtupfer das Bild auf. Während zunächst nur wenige Cottages zu sehen waren, vermehrte sich die Anzahl der größeren Wohnhäuser nach und nach. Die Hauptstadt Schottlands, Edinburgh, kündigte sich an. Die Kulturmetropole war allerdings noch nicht das Ziel der Reise. Erst auf dem Rückweg wollten die Studenten diese Stadt unsicher machen.

Die Busreise ging weiter über den Firth of Forth in Richtung Dundee.

Eine Zugreise in den Abgrund

Von Dundee sollte die Fahrt mit der Eisenbahn nach Aberdeen fortgesetzt werden. Da es sich um eine Exkursion von Geschichtsstudenten handelte, wurde für diese Etappe eine historische Küstenbahn gewählt, die von einer Dampflokomotive gezogen wurde. In der viertgrößten Stadt Schottlands angekommen, unternahmen Jack und Frederike einen kleinen Spaziergang an das Ufer des Firth of Tay. Diese Meereseinbuchtung gräbt sich bei Dundee auf einer Länge von zwanzig Kilometern in das Landesinnere. Hoch über ihren Köpfen spannte sich die berühmte drei

Kilometer lange Tay Rail Bridge. Über die Brücke führte die Bahnlinie von Dundee nach Edinburgh. Für einen langen Moment ließen sie ihre Blicke die Stahlkonstruktion entlang gleiten.

In diesen Anblick versunken, entfernte sich Jack Stück für Stück aus der gegenwärtigen Welt. Er zuckte mehrmals zusammen und als er sich das nächste Mal umschaute, stand er nicht mehr am Ufer des Tay. Er fand sich im Bahnhof von Edinburgh wieder. Auf einem wenig befestigten Schotterweg neben den Gleisanlagen fuhren Kutschen. Es tobte ein heftiges Unwetter. Neben Jack schnaubte gleichmäßig eine alte Dampflok. So richtig konnte er mit dieser Situation nichts anfangen und stand ein wenig orientierungslos auf dem Bahnsteig.

„Was ist los, Simon? Heiz ein, damit wir pünktlich los können", schnauzte ihn eine rauhe Stimme aus dem Führerhaus der Lokomotive an.

Jack schaute völlig verwirrt zu dem Lokomotivführer. Gerade wollte er fragen, wer wohl gemeint sei. Er schaute sich um und sah niemanden, außer sich selbst. Seine schwarze Arbeitskleidung verriet ihm, dass nur er der Heizer sein konnte.

„Nun los, sieh zu, der Kessel braucht einige Zeit, bis der Druck aufgebaut ist und ich will nach Möglichkeit noch vor dem Unwetter die Tay Rail Bridge passiert haben," forderte die Stimme mit Nachdruck.

Nur widerwillig und langsam kam Jack der Aufforderung nach und endlich begriff er, wer er war, nämlich Simon der Heizer. Er nahm die breite

Schaufel und schippte aus dem Tender die Kohle in den Heizkessel.

Während sich der Betriebsdruck im Kessel langsam aufbaute, wurde es stetig stürmischer, und es braute sich ein mächtiges Gewitter zusammen.

„Meinst du, wir sollten wirklich losfahren? Das Unwetter wird immer schlimmer", fragte Simon.

„Ich sehe keinen Grund, die Fahrt nicht anzutreten!"

Der Lokführer schaute aus dem Seitenfenster und hielt nach dem Bahnhofsvorsteher Ausschau, um ihm die Einsatzbereitschaft der Lokomotive zu signalisieren. Kurze Zeit später ertönte der Pfiff zur Abfahrt des Zuges. Der Lokführer drehte einige Ventile auf, und wenige Momente später bewegten sich die schweren Eisenräder der Dampflok. Schnaufend und stampfend verließ der Zug den Bahnhof und die auf dem Bahnsteig stehenden Menschen wurden in dichte Dampfschwaden eingehüllt.

Schon vor der Überquerung des Firth of Forth wurde der Zug durch starke Windböen erfasst und durchgeschüttelt. Mühselig erkämpfte sich die Dampflok ihren Weg über die Brücke und trotzte den widrigen Bedingungen. Simon musste einige Schippen Kohle mehr aufwerfen, um den Kessel ordentlich unter Dampf zu halten. Es waren nun schon viele Jahre, die er auf der Strecke zwischen Edinburgh und Dundee als Heizer zugebracht hatte, allerdings konnte er sich nicht entsinnen, jemals ein derartiges Unwetter erlebt zu haben.

Unbeschadet erreichte der Zug das andere Ufer. Der eine oder andere Fahrgast hatte seine Gesichtsfarbe während der Brückenüberfahrt deutlich verändert. Aber nun durchquerte die Bahnlinie etwas ruhigere Gefilde entlang den Ausläufern der Highlands. Hier konnte sich jeder erst einmal von den Strapazen erholen. Bis zur nächsten meerüberspannenden Brücke, der Tay Rail Bridge, sollte es noch eine Weile dauern.

Das Unwetter erreichte seinen Höhepunkt, als der kleine Reisezug den Fuß der zu ihrer Zeit größten und berühmtesten Eisenbahnbrücke erreichte, die von 1872- 1878 erbaut wurde. Auf einer Länge von sage und schreibe drei Kilometern überspannte das mächtige Bauwerk den Mündungsbereich des Flusses Tay. Langsam und mühselig kämpfte sich die Dampflok die Rampe zur Brücke hinauf.

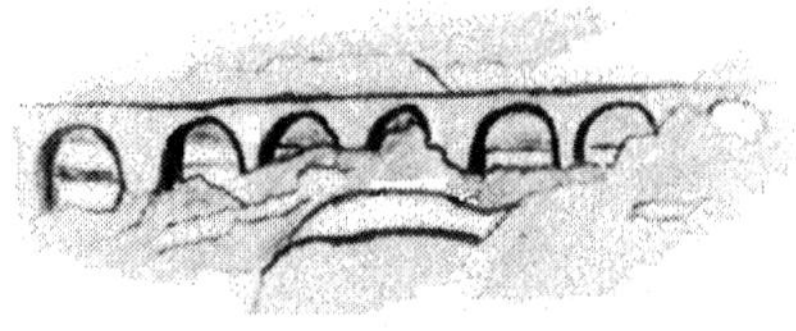

„Ich weiß nicht, ob es eine so gute Idee war, bei diesem heftigen Wetter den Tay zu überqueren. Der Sturm wird uns auf dem Brückenscheitel kräftig durchschaukeln. So ganz wohl ist mir bei dem Gedanken nicht", bemerkte Simon beiläufig beim Kohlenschippen.

Er wagte, während er diese Bemerkung machte, einen Blick zur Brücke hinauf und sah wie das Stahlgerüst von den Sturmböen heftig bewegt wurde. Der Lokführer drehte sich zu ihm um und schaute mit böse leuchtenden Augen in Jacks verblüfftes Gesicht.

„Da brauchst du wirklich keine Angst zu haben, ich bin ja bei dir und wir werden einen mörderischen Spaß haben. Ein wenig Weltuntergangsstimmung hat noch niemanden geschadet."

Schlagartig erkannte Jack, dass es sich bei diesem widerwärtigen Kerl, der hier plötzlich erschienen war, nicht um seinen Lokführer handelte, sondern um Patrick.

Wie der sich zu jener Zeit auch immer nannte, war Jack in dem Moment gleichgültig, genauso wie er sich darüber klar war, dass er selbst weder Simon noch Jack zugleich sein konnte. In einem war er sich jedoch hundertprozentig sicher, er selbst war der Gegenspieler des Bösen. Nur er, Jack, war im Stande das unausweichliche Ende der ahnungslosen Passagiere zu mildern. Die Katastrophe selbst war allerdings nicht mehr aufzuhalten, denn so war eben der Lauf der Zeiten.

Er warf seine Schaufel beiseite und kletterte über den Tender zum ersten Wagon. Patrick wollte ihn aufhalten, aber im letzten Moment hielt er sich zurück. Zynisch rief er hinterher:

„Meinst du etwa, dass dein Glaube und dein Gott diese Katastrophe aufhalten können? Neeeiiiiiin!

Auch Gott kann nicht am Rad der Geschichte drehen. Was geschehen ist, ist eben geschehen."

Jack ignorierte ihn und seine Worte, indem er einfach weiterkletterte. Das brachte seinen Widersacher erst recht in Rage. In einem Wutausbruch brüllte er ihm hinterher und ließ grollend einige Blitze über die Wasseroberfläche zucken. Krachend verfingen sie sich in den Brückenverstrebungen und breiteten sich wie eine Welle in der gesamten Konstruktion aus. Die Stahlträger bewegten sich knarrend und knirschend in alle Richtungen. Jack hielt sich krampfhaft fest und überlegte angestrengt, was er nun tun könnte. Er war hin und her gerissen.

„Was mach ich nur? Wenn ich zurück gehe, um den Zug noch vor der Brücke anzuhalten, gibt es garantiert eine fürchterliche Auseinandersetzung mit Patrick. Außerdem werde ich, unabhängig davon, nichts mehr ändern können und dürfen."

Beherzt setzte er seinen Weg zu den Fahrgästen fort, während er hinter sich die Sticheleien hörte.

„Du ahnungsloser Zwerg kannst es nicht verhindern! Wann verstehst du endlich, dass deine Macht und dein Wille bei weitem nicht ausreichen, um mich aufzuhalten. Schau nur, ich kann schalten und walten wie ich will und du bist lediglich ein Zuschauer."

„Das ist keine Frage der Macht, Patrick. Bei den Menschen gibt es weitaus mehr als diese Besessenheit, der du unterliegst."

Noch einmal ließ Patrick die Naturgewalten an der Brücke arbeiten. Jack befürchtete, sie würde jeden

Moment einstürzen. Mühsam erreichte er die andere Seite des Tenders und kletterte zu dem Wagon hinüber. Immer stärker wurde die Brücke durch heftige Sturmböen oder Blitzeinschläge erschüttert. Unter den Reisenden war Panik entstanden. Einige hatten sich bereits auf den Boden gekauert und andere schrien in Todesangst. Mancher saß, völlig apathisch mit vor Schreck geweiteten Augen da und hatte mit dem Leben abgeschlossen. In einem Abteil lief eine Frau unablässig im Kreis und stammelte vor sich hin:

„Das ist das Ende, das ist das Ende und keiner kann uns helfen!"

Jack nahm sie an die Hand und schaute ihr in die Augen.

„Nein, das ist nicht das Ende und Sie sind auch nicht allein. Ich werde bei Ihnen bleiben. Kommen Sie, setzen wir uns hin"

Langsam beruhigte sich die Frau und gemeinsam setzen sie sich auf den Boden. Fest umklammerte sie die Hand, die ihr in dieser ausweglosen Situation Trost und Beistand spendete, so, als wollte sie diese nie wieder loslassen. Jack lud die anderen verzweifelten Menschen im Zugabteil ein, sich zu ihnen zu gesellen.

„Kommen Sie, setzen Sie sich zu uns. Nur gemeinsam können wir diese Situation überwinden. Es ist keine Schande, sich helfen zu lassen."

Einladend streckte er seine Hand aus, um dem einen oder anderen die Entscheidung zu erleichtern. Einige zögerten, als allerdings der Zug auf seiner unaufhaltsamen Fahrt erneut stark erschüttert wurde, gab es auch für die Letzten im Abteil kein Halten mehr. Auch sie suchten Schutz im Kreise derer, die schon wussten, dass sie unwiderruflich dem Untergang geweiht waren. Sicherlich gab es noch ein oder zwei Seelen, die Hoffnung auf Rettung hatten. Jack löste sich noch einmal kurz aus der Runde der Todgeweihten, um in den benachbarten Wagons die vielen Verzweifelten aufzusuchen. Ein paar wenige Vereinsamte hatten Schutz in Ecken oder unter Bänken gesucht. Nachdem er auch sie überzeugt hatte, setzten sie sich zu den mittlerweile betenden Menschen. Jedes neue Erbeben der Brücke ließ die dem Tode geweihte Gemeinschaft enger zusammenrücken. Die Abstände zwischen den Blitzeinschlägen in die Brückenkonstruktion wurden kürzer und die Sturmböen wurden heftiger, so dass die festen Verstrebungen mehr und mehr in Schwingung gerieten, bis sich, zunächst nur an vereinzelten Stellen, die festen Verbindungen lösten und eine Kettenreaktion nicht mehr aufzuhalten war.

Gerade als die Lokomotive den Scheitelpunkt der Brücke erreichte, gab der Bau den Naturgewalten, die durch Patrick unkontrollierbar entfesselt worden waren, nach. Wie Streichhölzer brachen die Verstrebungen nacheinander weg und stürzten ins Meer. Ihnen folgten Träger und Teile der Überführung, so dass kurze Zeit später die Dampflok ins Leere fuhr und haltlos abstürzte. Die nachfolgenden Wagons wurden mit in die Tiefe gerissen. Im freien Fall näherten sie sich dem tosenden Meer.

Die Menschen in dem Wagon hielten sich noch immer, soweit es möglich war, Hilfe suchend an den

Händen. Einige schrien aus Verzweiflung und andere kniffen verkrampft die Augen zu und erduldeten schweigend die Katastrophe. Alle waren sich bewusst, dass ihr Ende unmittelbar bevorstand. Zwar versuchte Jack ihnen Trost zuzusprechen, indem er prophezeite, dass dieses nicht ihr Ende sei. Doch keiner hörte ihm mehr zu, jeder musste sein eigenes Leid tragen. Bis sich dann aus der hintersten Ecke des Abteils eine lautstarke Stimme einmischte:

„Schweig still, du armer Wicht, das will hier keiner hören."

Es war Patrick, der in allerletzter Sekunde noch einmal in teuflischer Gestalt erschienen war, um die Angst zu schüren. Kaum war sein Satz verklungen, wurden die Lok und dann die Wagons von dem tobenden und zischenden Meer verschlungen. Eine riesige Fontäne schoß in den Himmel, als wollte sie ihn berühren. Als sie in sich zusammenfiel, schloss sich die Wasseroberfläche, so als decke sie gnädig einen Mantel des Schweigens über die soeben Verschlungenen.

„Jack! Hallo, Jack! Wach auf! Was ist mit dir los? Du zitterst ja und bist ganz nass geschwitzt", weckte Frederike ihn und zerrte gleichzeitig an seinem Arm.

Mit weit aufgerissenen Augen und panischem Blick erwachte Jack aus seinem Traum und sprang auf.

„Oh Gott, was für ein Drama", begann Jack, „ich erlebte gerade in meinem Traum den Einsturz der alten Eisenbahnbrücke über dem Tay. Ich war nicht mehr ich selbst, sondern mein Urgroßvater."

„Warst du oder war dein Urgroßvater von dem Unglück betroffen und kam dein Widersacher Patrick auch wieder darin vor?"

Jack war noch sehr durcheinander und so teilte er sich nur stockend mit. Während Frederike ihn tröstend umarmte, begann er, sich die Haare raufend:

„Selbstverständlich war Patrick wieder dabei und er war auch für das Unglück verantwortlich."

Eine lange Denkpause einlegend, schweifte sein Blick über den Firth of Tay, bis ihm die Frage über die Lippen kam:

„Was sich Theodor Fontane wohl dabei dachte, als er das Gedicht, *Die Brücke am Tay*, schrieb?"

„Wie kommst du denn jetzt darauf und was soll er schon dabei gedacht haben? Sicherlich dachte er an das Leid der Menschen im Zug und was es für die bedeutete, die zurückblieben."

„Über das Leid dieser Menschen braucht sich niemand mehr Gedanken machen. Als sie in den Tod fuhren, war ich oder eben damals der Heizer Simon bei ihnen und gab ihnen Trost. Der Tod kommt zu allen, ob heute oder fünfzig Jahre später. Allerdings kommt es darauf an, wie wir sterben. Jeder Mensch sollte in Würde sterben dürfen und nicht so einfach dahingerafft werden."

„Du redest vom Tod, als wäre es eine Erkältung und der Abschied nach einem fünf Uhr nachmittags Tee."

„Ist es denn etwas anderes? Soll ich dir etwas
verraten? Ich beneide dich. Weißt du auch wofür?
Dafür, dass du sterblich bist. Jeder Augenblick
könnte dein letzter sein. Dadurch ist alles soviel
schöner, weil du eben irgendwann sterben wirst. Du
wirst niemals schöner als in diesem Moment sein
und du wirst wahrscheinlich nie wieder hier sein.
Aber ich erlebe die Welt immer wieder durch ein
neues Leben, in das ich schlüpfe, nachdem meine
Seele das alte verlassen hat. Ich bin müde und
möchte endlich meine Ruhe finden.“

„Wieso sagst du das? Es hört sich so an, als würdest
du nicht sterben können. Das ist doch gar nicht
möglich. Oder willst du mir erzählen, dass du in
diesem Traum dein Urgroßvater gewesen warst und
kurze Zeit später kamst du als dein Großvater
wieder auf die Welt?“

„Du hast es genau richtig erkannt. In meinen letzten
Träumen ist mir das deutlich geworden..“

„Wie kann so etwas sein? Ich kann mir das
überhaupt nicht vorstellen.“

„Zwischen Himmel und Erde gibt es noch weitaus
mehr Dinge, die du dir nicht vorstellen kannst,
Frederike. Das ist auch gut so, denn alles müssen die
Menschen nicht wissen.“

„Aber wozu soll das alles gut sein?“

„Um dem Guten auf dieser Erde wenigstens noch
eine kleine Chance zu geben.“

„Warum aber gerade du, Jack? Hast du dich
freiwillig dafür entschieden? Bestimmt hast du, so

wie ich dich kenne, ganz laut „hier" geschrien, oder?"

Jack lächelte liebevoll und nahm ihr Kinn in beide Hände, um ganz tief in ihre Augen zu schauen.

„Das habe nicht ich entschieden, und mich hat auch niemand dafür ausgewählt, meine Liebe. Man ist eben derjenige, der man ist."

Eine ganze Weile standen sie so am Pier und vergaßen Zeit und Raum um sich herum. Zärtlich gab Frederike ihm einen Kuss und er ließ sie gewähren, als hätte sich in den vergangenen Tagen alles für ihn verändert. Leider konnten sie diesen Moment nicht bis in alle Ewigkeit ausdehnen und durch Jacks Äußerungen beschlich sie mehr und mehr das Gefühl, dass ihnen nicht mehr viel Zeit blieb. Die Abfahrt des Zuges drängte sie, ihre traute Zweisamkeit aufzugeben und den Bahnhof in unmittelbarer Nähe aufzusuchen.

Begegnungen in Aberdeen

Der Zug stand bereits mit schnaufender Lokomotive am Bahnsteig. Professor Mc Felthy hielt schon ungeduldig nach ihnen Ausschau und trieb sie zur Eile an. Neben ihnen liefen vereinzelt noch Reisende über den Bahnsteig, um schnell einzusteigen. Sonst standen nur noch ein paar Freunde oder Bekannte von Mitreisenden, die sich verabschieden wollten, neben dem Zug. Kaum waren die letzten Fahrgäste zugestiegen und alle Wagentüren verschlossen, ertönte der Pfiff des Bahnhofsvorstehers und unmittelbar darauf begann die Dampflok mit ihrer Arbeit. Aus dem Schornstein stieß sie einige kräftige Dampfwolken, so dass bald der gesamte Bahnsteig eingenebelt war. Es war kaum noch etwas zu erkennen. Nur langsam und schwerfällig entfernte sich der kleine Zug aus Dundee und kaum hatte er seine Reisegeschwindigkeit erreicht, musste er auch schon wieder anhalten. Es war einer von den kurzen Überlandzügen, die aus drei Personenwagen und zwei Güterwagons bestanden. Dieser Zug, auch wenn er historisch war, hielt an jeder Milchkanne. Mit ihm wurde alles transportiert, von Tieren, über Post, bis hin zu Whiskyfässern.

„Ich hoffe nur, dass es sich bei der Lokomotive nicht um den „Taucher" handelt, den ich vorhin noch in meinem Traum sah", bemerkte Jack ironisch.

„Wie, welchen Taucher meinst du?", schaute Frederike ihn fragend an und einige andere Studienkollegen wurden ebenfalls hellhörig.

„Na, eben die Lok, die mitsamt ihren Wagons in die Fluten des Fifth of Tay stürzte. Die Maschine wurde geborgen und weiterhin im Zugverkehr eingesetzt. Scherzhaft gab man der Dampflok den Namen „Taucher". Aber ihr brauchst da keine Angst haben, im Jahre 1908 wurde sie außer Betrieb genommen."

Die Strecke führte zum Teil direkt an der Küste entlang. Neben den kleinen Ortschaften, wurden auch Kleinstädte, wie Arbroath, Montrose oder Stonehaven angefahren. Da es sich dabei größtenteils um Fischereihäfen handelte, wurde an den Bahnhöfen hauptsächlich frischer Fisch auf die

Güterwagen geladen, was der Fahrt auch gleich eine besondere Geruchsnote verlieh. In Aberdeen sollte der Fang in Großfabriken weiter verarbeitet werden.

Es dämmerte, als der Zug schnaufend den Bahnhof von Aberdeen erreichte. In der Hafenstadt an den Flüssen Dee und Don, deren Ursprung bereits im 6. Jahrhundert liegt, war schon Ruhe eingekehrt. Von dem sonst so regen Treiben auf der Castle Street und Union Street war nichts zu spüren. Die moderne und an traditioneller Kultur reiche Stadt gönnte sich offensichtlich nach einem ereignisreichen Wochenende eine kleine Verschnaufpause. Vermutlich hatte wieder eines der zahlreichen, ausgelassenen Festivals in der Innenstadt stattgefunden, die meistens bereits am Freitagabend begannen und erst sonntags in den Morgenstunden endeten.

Der Empfang am Bahnhof war herzlich. In der Vorhalle standen Kinder, Mütter und Väter. Es waren die Familien, die in den nächsten Tagen für Kost und Logis der reisenden Studenten sorgen wollten. Sie waren zahlreich erschienen, um zu begutachten, wen sie sich für die nächsten Tage eingehandelt hatten. Mit einem heillosen Durcheinander und fast babylonischem Stimmengewirr nahm die Begrüßung ihren Lauf. Die Frauen schnatterten mit ihren typischen grellen Stimmen drauf los und zwischendurch kreischten Kinder, während hier und da verlassen ein Student stand, der darauf wartete, dass sich bei ihm jemand melden würde. Auch wenn es ein riesiger Menschenauflauf war, so waren doch noch nicht alle Abholer rechtzeitig am Bahnhof erschienen.

So war es auch bei Jack. Als die meisten anderen Studienkollegen bereits mit ihrer schottischen Familie die Halle verlassen hatten, stand er noch alleine mit seinem Gepäck und wartete. Gerade wollte Frederikes Familie sich seiner erbarmen, da ging die große Schwingtür des Hauptportals auf. Eine abgehetzte Mutter mit vier Kindern an der Hand, davon zwei jämmerlich weinend und ein drittes auf dem Arm, kam völlig gestresst hereingestürzt.

„I´m so sorry", entschuldigte sie sich aufgeregt. Teilweise unverständlich und auch missmutig redete sie weiter vor sich hin, nahm Jacks Hand und begrüßte ihn beiläufig, während sie ihn gleichzeitig aufforderte mitzukommen.

Mitleidig sah sich Frederike nach Jack um. Sein Gesicht sprach für sich, so als wollte er sagen:

„Na, was das wohl wird."

Lustlos nahm er seinen Koffer auf, ging zu ihr und verabschiedete sich mit einem lieben Kuss, wobei sie ihm noch zuflüsterte:

„Viel Glück und lass dich nicht unterkriegen. Ich denke an dich."

Mit hochrotem Kopf trottete Jack hinter seiner Gastfamilie her. Irgendwie konnte er einem leid tun.

Während Frederikes Unterkunft für die nächsten Tage direkt im Zentrum von Aberdeen am School Hill unweit vom Bahnhof lag, musste Jack mit seinen Gastgebern im Bus bis nach Kincorth, einem entfernten Stadtteil, fahren. Das dauerte ungefähr vierzig Minuten. Dafür lag die wunderschöne Villa, in der er für ein paar Tage wohnen durfte, direkt am Duthie Park, dem Stadtpark von Aberdeen. Zu großartigen Gesprächen mit den Gastgebern kam es sicherlich bei keinem der Studienreisenden mehr. Die Anreise war für alle mit Strapazen verbunden und jeder war froh, die müden Knochen in ein Bett mit vier Beinen und einer vernünftigen Matratze legen zu können. Jack erwartete ohnehin keine Unterhaltung mehr, denn seine Gastmutter hatte mit ihren Kindern alle Hände voll zu tun und der Hausherr war derzeit nicht anwesend. Also wurde er nicht einmal ansatzweise in ein Gespräch verwickelt.

Am nächsten Morgen erwachte jeder in einem anderen Stadtteil von Aberdeen und der eine oder andere konnte einen einzigartigen Ausblick aus dem Fenster genießen. Frederike hatte aus dem Dachfenster einen wunderschönen Blick über die Giebel und Dächer von Aberdeen mit den unzähligen Schornsteinen. Jack schaute über die Parkwiesen mit den solitär angeordneten Bäumen, worüber sich ein Sonnenaufgang im Nebel erhob, der diesen Tag auf seine eigene Art begrüßte. Lange genoss er diesen Anblick der fast unwirklichen Natur. Durch das geschlossene Fenster waren feine, aber zugleich klagende Töne zu hören. Jack schaute angespannt hinaus und konnte zunächst nichts damit anfangen. Erst als er das Fenster öffnete, konnte er deuten, dass die Melodien von einem Dudelsack stammten. Er konnte allerdings zunächst nichts sehen, der Pfeifer war noch immer vom Morgennebel eingehüllt. Nur langsam lichtete sich der Schleier über den Parkwiesen. Jack sah erst nur schwach und dann in immer deutlicher werdenden Umrissen den Musiker, wie er in seiner traditionellen Kleidung, von der Morgensonne angestrahlt, spielte. Es war wie in einem Märchen.

Jack stand noch eine ganze Weile am Fenster und ließ die Töne auf sich wirken. Bis im Hintergrund das Geschrei der spielenden oder trotzenden Kinder zu hören war. Ein knappes Frühstück musste als Grundlage für den Tag genügen und schon war er auf und davon. Jack war alleine in einer fremden Stadt unterwegs und die Wegbeschreibung seiner Gastfamilie konnte lediglich der groben Orientierung dienen. Da verließ er sich lieber auf seine Intuition und Kunst, Stadtpläne zu lesen. So erreichte er zielsicher und ohne Umwege die Universität von Aberdeen. Die meisten anderen der Reisegruppe wurden zum Treffpunkt gebracht oder begleitet. So war es auch bei Frederike, obwohl sie in unmittelbarer Nähe ihr Gästezimmer hatte.

Der Tag war bis zur letzten Minute verplant. Am Morgen trafen sie sich mit einer Studiengruppe aus Aberdeen. In einem Vorlesungssaal wurden Tee und typisch schottische Scons bereitgestellt. Nach einer kurzen Begrüßungsrede gab es noch genügend Zeit für Kontakte beim Smalltalk. In dieser Atmosphäre fand jeder eigene Möglichkeiten, sich mitzuteilen oder auch, wie es Jack tat, anderen Bedürfnissen nachzugehen. Er stillte erst einmal seinen Hunger und genoss die überreichlich angebotenen Scons. Er erntete den einen oder anderen verwunderten Blick, begleitet von einem vornehmen Lächeln, aber es schmeckte eben.

„Jack?!", flüsterte Frederike ihm zu und stieß mit ihrem Ellbogen in seine Seite.

„Excuse me, aber mein Frühstück fiel heute etwas kärglich aus", entschuldigte er sich verlegen, noch den letzten Bissen in seinem Mund bewegend.

Kaum hatte er seinen Satz beendet, erhoben sich einige Gastgeber und verließen den Saal. Jack und Frederike schauten sich verwundert an und hofften nur, dass sich niemand beleidigt fühlte. Kurze Zeit später öffnete sich die schwere Tür zum Vorlesungssaal und bestückt mit Tee und Toast, sowie Marmelade und Schinken, war für Jack ein fürstlicher Frühstückstisch gedeckt worden. Überwältigt und zu Tränen gerührt, nahm er die Einladung gerne an.

„Wir wünschen guten Appetit", sagte einer der Studenten in gebrochenem Deutsch.

Ein Irrtum mit Folgen

Nach dieser einzigartigen Überraschung blieb Jack leider nicht mehr ganz so viel Zeit, sein Mahl zu genießen. Gemeinsam mit den schottischen Studenten unternahmen sie eine Busreise zu dem kleinen Städtchen Elgin. Die Überreste der großen Kathedrale, der sogenannten Laterne des Nordens, sollten ihr Interesse wecken. Das wünschte sich jedenfalls der schottische Professor, der die Reisegruppe durch diesen Tag begleitete.

Jack war noch nie zuvor an diesem Ort, aber die am River Lossie stehenden Überreste der Kathedrale

waren ihm wohl vertraut. Er erinnerte sich an jene
Nacht, als er von dem großen Feuer träumte, das
von Patrick und seinen Leuten gelegt worden war.

Eine ganze Weile stand er mit Frederike andächtig
vor der überaus mächtig wirkenden Ruine der einst
sechsundneunzig Meter hohen Laterne des Nordens,
bis Jack sich entschlossen zu dem im Ostteil
liegenden ehemaligen Chorraum aufmachte.

Inmitten des runden Raumes mit den Lanzett-
fenstern und der Ostrose stand er nun und ließ
diesen unvergleichlichen Glanz auf sich wirken. Die
Sonnenstrahlen brachen sich in den Überresten des
Fensterglases und ließen den Ort in einem
unwirklichen Licht erscheinen. In jede Himmelsrichtung führten große Türen, deren Öffnungen
einen freien Blick auf die Hochkreuze des
umliegenden Friedhofs zuließen. Das alles war ihm
nicht fremd.

Durch die großen Fenster schimmerte in der
Vergangenheit buntes Licht. In jener schicksalhaften
Nacht sah Jack diese Kathedrale noch ihrer

vollkommenen Pracht, bevor sie durch alles vernichtende Flammen zerstört wurde.

Inmitten dieser Stimmung und mit diesen Erinnerungen im Kopf, begann sich für Jack der Himmel um die eigene Achse zu drehen. Die Konturen verschwammen, es schien so, als würde sich die Welt auflösen. Realität und Traum konnte er nicht mehr voneinander trennen. Er hörte wieder die Stimmen wie aus dem Traum, die ihn zu sich riefen. Dann wurde es Nacht um ihn.

Als er die Augen wieder öffnete, sah er Frederikes liebevolles Lächeln. Sein Kopf in ihrem Schoß, lag er flach auf dem Boden.

„Was ist geschehen?"; fragte er verwundert.

„Du bist umgekippt, Jack. Ich konnte dich gerade noch auffangen, sonst wärst du mit deinem Kopf auf den Steinfußboden geschlagen", antwortete sie fürsorglich.

„Jetzt kann ich mich wieder erinnern. Dies ist der Chorraum, wo damals das zerstörerische Inferno seinen Lauf nahm. Hier beginnen und enden meine Träume, Frederike. Dieser Raum hat durch den Brand nichts an Kraft und Energie eingebüßt."

„Mein Jack", streichelte sie ihm über seine Wange, „du bist wirklich durcheinander. Komm lass uns zum Bus gehen."

Sie erhoben sich und Frederike wollte den Ort, der ihr mehr und mehr unheimlich vorkam, schnell verlassen, als Jack sie noch einmal zurückrief:

„Warte, ich will noch einmal alles auf mich wirken lassen."

„Aber nicht, dass du mir wieder umkippst."

Sie blieb neben Jack stehen, während er sich noch einmal in alle Himmelsrichtungen umschaute. Als sie Arm in Arm dort so standen, hellte sich im Westen der Himmel auf. Die ganze Anspannung fiel von ihr ab, und sie fühlte sich in Jacks Armen wohl.

„Hier kannst du dich sicher fühlen. Es ist geweihtes Land. Nichts Böses wagt es, hier sein Unwesen zu treiben, auch wenn es jemand bereits im Jahre 1390 versuchte. Aber so lange ich hier stehe, hat niemand Macht über diese Kathedrale. Siehst du die vorbeiziehenden Wolken? Sie tragen die Gedanken der Menschen mit sich, die sie betrachten. Es können liebevolle und freundliche Gedanken sein, aber es ist auch gut möglich, dass sie traurig und boshaft sind", schwärmte Jack.

„Wie kann man das erkennen?"

„Das kann man nicht erkennen. Genauso wie du es einem Menschen nicht ansiehst, ob er gut oder böse ist. Du kannst es aber oft spüren. Wie beispielsweise bei dieser Wolke, die direkt über uns ist."

„Was ist mit ihr? Welche Gedanken führt sie mit sich?"

„Oh, du kannst Fragen stellen. Es ist eine gutmütige Wolke, das kann ich schon einmal an der Form und der Farbe erkennen. Sie..., warte, ich muss mich erst mal konzentrieren, Augenblick". Jack schloss die Augen.

Er wurde ernst. Seine Gesichtszüge wurden schmerzverzerrt und er öffnete schlagartig die Augen, ergriff Frederike bei der Hand und rannte mit ihr zum Ausgang der Kathedrale.

„Komm, wir müssen hier weg, schnell!", rief er.

„Was ist denn, sag, was soll das alles?"

„Frage nicht viel, sondern lauf!"

Mit seinem letzten Wort schoss ein Blitz in den Boden des Chorraumes und ein ohrenbetäubender Knall folgte. Der sintflutartige Regen ließ nicht lange auf sich warten. Beide schauten sich um und sahen, wie aus der anscheinend freundlichen Wolke ein bedrohliches tiefschwarzes Gebilde geworden war. Im Laufschritt suchten sie das Weite. Gerade als sie den Schatten der Kirchturmruine verließen, drang an Jacks Ohr ein kalter Hauch und Flüstern:

„Jaaack, ich bin hier!"

Schreckensbleich wandte er sich Frederike zu und fragte mit zitternder Stimme:

„Hast du das auch gehört?"

„Was soll ich gehört haben? Ich will hier nur weg und bei dem Getöse kann ich sowieso nichts hören. Im übrigen ist deine Wolke alles andere als freundlich. Du solltest noch ein wenig an deiner Technik arbeiten."

Ohne sich weiter umzuschauen und mit schnellen Schritten rannten die beiden zum Bus. Die Reisegruppe sammelte sich langsam und schon sehr bald wurde das nächste Ziel unweit von Elgin angesteuert. Zunächst saßen Frederike und Jack für

152

einige Minuten wortkarg nebeneinander. Jeder hatte nach diesem Erlebnis mit sich selbst zu tun. Bis Frederike das Schweigen brach:

„Jack, was war das bloß? Wie konnte sich die freundliche Wolke so plötzlich derart verändern?"

„Wie kann sich ein freundlicher Mensch so verändern, dass man vor ihm Angst haben kann? Sieh dir Patrick an, sieht er bösartig aus? Allerdings wirkt er auf mich alles andere als gutartig, er ist das Böse in Reinkultur", beantwortete Jack die Frage, ohne eine Miene zu verziehen.

„Warum kannst du nichts gegen ihn unternehmen? So wie du es mir erklärt hast, bist du doch sein Widersacher, sein Gegenspieler, also muss es doch auch möglich sein, dass du seiner Boshaftigkeit ein Ende bereiten kannst, oder?"

„Wie stellst du dir das vor? Soll ich einfach zu ihm hingehen und ihm sagen, er möge doch nun ein artiger und braver Mensch sein?"

„Nein. Kannst du nicht einfach gegen ihn kämpfen? Du gewinnst und er fügt sich?"

„Ich glaube, du betrachtest das ganze wohl mehr als ein Spiel. Aber so einfach, wie du dir das vorstellst, geht das nicht. Zunächst einmal würde ich mich durch einen Kampf gegen ihn auf sein Niveau begeben. Nicht einmal seine Vernichtung würde einen Sinn ergeben."

„Aber du sagtest doch selbst, dass man das Böse bekämpfen muss und das heißt doch, man muss es vernichten."

„Frederike, das siehst du falsch. Das eine kann es ohne das andere nicht geben. Gibt es das Böse nicht, so gibt es auch nichts Gutes und umgekehrt ist es eben so. Genauso wie es ohne Liebe keinen Hass gibt oder ohne Freude keine Trauer."

Lange Zeit saß sie neben Jack und grübelte über das, was er versuchte ihr zu erklären. Frederike verstand es nicht. Sie bemerkte aber immer wieder, wie Patrick sie beide mit seinen leuchtenden Augen beobachtete und versuchte mitzuhören.

Das Buch der Träume

Inzwischen hatten sie Cawdor Castle erreicht. Diese gut erhaltene Burg befindet sich heute in Privatbesitz und ist nicht nur von einem wunderschönen Park umgeben, sondern beherbergt eine

umfangreiche Sammlung englischer Literatur in Originalschriften, wie beispielsweise zahlreiche Werke von Shakespeare. Darin lag aber sicherlich nicht der Grund für unzählige Menschen dorthin zu reisen. Nein, auch die Studiengruppe suchte diese Burg in erster Linie wegen eines einzigartigen und magischen Schriftstücks auf. Es lag hinter dickem Panzerglas, unerreichbar für alle Finger dieser Welt, zumindest während der Öffnungszeiten, und konnte dort auf einem roten Samtkissen thronend bestaunt werden. Es war das Buch der Träume. Der Raum, in dem sich die Vitrine befand, war besser bewacht, als jede Bank der Welt.

Eine unendlich lange Reihe von Interessierten wartete geduldig, um für einen kurzen Moment auf dieses Wunderwerk blicken zu dürfen. Niemand weiß, von wem dieses Buch stammt. Es tauchte irgendwann im Mittelalter bei der Räumung eines alten Speichers auf, wobei man auch viele historische Schriftrollen über die Weltgeschichte und die Entstehung der Menschheit fand. Diesen Rollen schenkte man eher wenig Aufmerksamkeit und Glaube, aber das Buch der Träume ist seitdem begehrter als jedes andere literarische Werk der Welt. Übrigens fand jeder, der wollte, ab diesem Zeitpunkt auch auf Anhieb den Weg in diese Burg.

Auch Jack und Frederike reihten sich wie hypnotisiert in die Warteschlange ein. Je näher sie der sagenumwobenen Vitrine kamen, desto geheimnisvoller wurde es um sie. Nach und nach verstummten die Gespräche, bis irgendwann niemand mehr einen Laut von sich geben mochte. Unheimliche Stille umgab diesen Moment der Andacht.

Nur wenige Besucher hinter den beiden näherte sich Patrick Schritt für Schritt dem Buch.

Es dauerte nicht lange und Frederike war an der Reihe, um für einen kleinen Bruchteil der unendlichen Traumzeit einen Blick auf die geöffneten Seiten dieses phantastischen Buches werfen zu können.

Jeden Tag wurde eine neue Seite aufgeschlagen. Das hatte mehr symbolische Bedeutung. Jeder sah sowieso, was er sehen wollte und so waren es immer andere Bilder, die das Buch widerspiegelte. Manche Menschen sahen auch nur ein leeres Blatt Papier vor sich, das waren diejenigen, die schon längst keine Träume mehr hatten. Für die meisten Betrachter war es aber ein wunderschönes Exemplar, gefüllt mit phantasievollen Geschichten, die wahr werden konnten oder wie Seifenblasen zerplatzten. Andere wiederum sahen in diesem Buch eine Grusellektüre, die ihre Ängste und Befürchtungen wahr werden ließ.

Für Frederike hatten die geöffneten Seiten die schönsten Träume parat. Sie tanzte über Wiesen, die mit bunten Blumen übersät waren. Einer ihrer sehnlichsten Wünsche erfüllte sich in diesem kurzen Augenblick. Sie saß am Bug eines alten Segelschiffes und schwebte regelrecht über die sanften Wellen der Südsee und begleitet wurde das Schiff nur von übermütigen Delphinen. Leider währte dieser Wunschtraum nur kurz.

Jacks Phantasien waren offensichtlich wieder einmal eher böser Natur. Mit schreckgeweiteten Augen schaute er auf die Seiten und Schweiß trat auf seine Stirn. Seine Gesichtsfarbe verfärbte sich augenblicklich aschgrau. Für Frederike war klar, dass er

156

wieder einmal einen Schrecken aus der Vergangenheit durchlebte. Die wenigen Sekunden reichten aus, um ihn die letzten Momente seines Lebens als sein eigener Vater erleben zu lassen.

Gerade jagte er, umhüllt von dichtem Nebel einer Novembernacht, durch die Gassen Edinburghs einen Räuber, der kurz zuvor einen hilflosen Passanten niedergeschlagen hatte, um ein paar Pfund zu erbeuten.

Er rannte über die North Bridge, die zur alten Burgstadt führte, nur wenige Meter vor ihm der Verbrecher. Immer wieder hallte seine Stimme durch die Dunkelheit:

„Halt! Polizei! Bleiben Sie stehen!"

Aber der Täter ignorierte seine Worte und lief in die engen Gassen der Altstadt. Ein paar hundert Meter hinter den beiden ertönte warnend:

„Ben, nicht! Bleib stehen! Es ist zu gefährlich in den engen, alten Gassen. Die sind zu düster und zu unübersichtlich!"

Aber das Jagdfieber machte Ben blind, er verschwand in den engen Häuserschluchten und wurde vom Nebel verschluckt. Das schwache Licht der Gaslaternen konnte die Schwaden kaum durchdringen, und so wurde die Verfolgung zu einem blinden Irrlauf. Keine Menschenseele traute sich bei dieser Witterung mitten in der Nacht in die Altstadt von Edinburgh, und so stand Ben auch inmitten des Nebelfeldes an der nächsten Weggabelung völlig alleine. Er horchte in die Stille, aber außer seinem Atem und dem kräftigen Pochen seines Pulses konnte er nichts weiter hören. Nach einer kurzen Pause setzte Ben die Verfolgung ins Ungewisse fort, allerdings kam er nicht weit. Hinter der nächsten Hauswand kam aus dem Dunkel eine Plattschaufel hervorgeschnellt und traf frontal seinen Kopf. Kraftlos sackte der Körper in sich zusammen und fiel auf die Seite. Der Räuber warf die Schaufel weg und lief im dichten Nebel davon. Ben lag hilflos auf dem Kopfsteinpflaster. Er spürte an seinem Hals eine warme Flüssigkeit, die pulsierend seinen Körper verließ. Langsam schwanden seine Kräfte und er konnte sich kaum noch bewegen.

In diesem Moment kam eine Person um die Ecke. Im ersten Augenblick vermutete er, dass es sein Partner wäre, aber es war jemand, der ihm schon einige Male in solchen Situationen begegnet war. Patrick erschien wie ein Erzengel und beugte sich herunter. Er begann zu flüstern:

„Was hat es dir gebracht? Fühlst du dich nun besser? Ewig die Jagd nach Gerechtigkeit und dieser Drang danach, die Welt verbessern zu wollen. Was ist das für ein Gott...?“

„Es ist auch dein Gott, du weißt es nur noch nicht!“, stammelte Ben mit letzter Kraft.

„Sieh dich nur an, wie du hilflos daliegst. Niemand, ja wirklich niemand hilft dir, auch dein von dir so geliebter Schöpfer nicht.“

„Sterben werden wir alle und auch für dich gibt es ein sicheres Ende“, hauchte er.

158

„Für mich aber zunächst noch nicht und wir sehen uns sicherlich bald wieder, Jack! Oje, nun habe ich doch tatsächlich schon etwas vorgegriffen und deinen neuen Namen genannt, ist das schlimm?"

„Du, du...". Ben wollte ihn noch ergreifen, dann verlor er sein Bewusstsein.

Langsam verließ sein Geist den leblosen Körper und erhob sich. Von oben beobachtete er, was mit seinen sterblichen Überresten passierte. Patrick stand noch neben dem erschlafften Körper und brummelte:

„Den hat's dahingerafft!"

Er wandte sich ab, um einfach im Nebel zu verschwinden.

„Auch dich wird es eines Tages erwischen", grollte es laut herab. Der eben noch so lässige Patrick zuckte zusammen und schaute sich suchend um. Das war neu, wer sprach da?

Die Bilder auf dem Blatt verschwammen und verschwanden. Jack zuckte mehrmals zusammen und schaute Frederike mit starrem Blick an. Sein Gesicht war schmerzverzerrt und er war schweißgebadet. Wie hypnotisiert folgte er ihr aus dem Raum und setzte sich auf eine Holzbank gegenüber dem Eingang. Es dauerte eine ganze Weile, bis er sich wieder gefangen hatte und sie ihn ansprechen konnte.

„Was ist nun schon wieder geschehen?"

„Nichts Außergewöhnliches, so das Übliche", stammelte er.

„Na, wenn du das so sagst, ist es sicherlich wieder einmal eine Hiobsbotschaft aus der Vergangenheit. Habe ich Recht? Wie stellst du dir das weiterhin vor? Es vergeht kaum ein Tag, an dem wir nicht durch merkwürdige Träume oder seltsame Erfahrungen aus unserem gewohnten Leben gerissen werden. Ich muss sagen, auf Dauer finde ich das ganz schön lästig. Ich frage dich ernsthaft, wann hat das ein Ende?"

„Bald, meine Liebe! Bald!", sagte Jack entschlossen mit einem zornigen Blick auf Patrick, der gerade dabei war, in das Buch zu schauen.

Automatisch wanderte auch Frederikes Blick in die gleiche Richtung. Als hätte er das gespürt, drehte er sich um und starrte sie mit seinen leuchtend roten Augen hinterhältig grinsend an. So, als wollte er ihr etwas mitteilen. Unvermittelt wandte er sich wieder dem Buch zu und dann passierte etwas so Gespenstisches, wie sie es vorher noch nie gesehen hatte: Zwischen den Buchseiten und Patricks Augen zuckten knisternd rote Blitze hin und her. Dieser Zustand hielt mehrere Sekunden an.

Auch Jack sah dieses Phänomen. Er rannte in den Raum zurück und wollte eingreifen.

„Haaaaalt! Hör auf!"

Doch bevor er das Unheil unterbinden konnte, hatte der Spuk auch schon ein Ende. Patrick schaute auf und beobachtete äußerst zufrieden den heranstürmenden Jack. Mit einem Ausfallschritt wich er dem Angreifer aus und der landete unvermeidlich auf dem glatten Parkettfußboden. Die umstehenden

Museumsbesucher wunderten sich amüsiert, schüttelten den Kopf und verließen den Raum, als wäre dort nie etwas Sehenswertes gewesen. Das Buch, kurz zuvor noch wichtigstes Ziel ihrer Reise, war auf einmal nicht mehr von Bedeutung, so als hätte es niemals existiert.

Für Jack interessierte man sich nur insofern, als dass ein Museumswächter ihn fragte, ob er sich etwas getan hätte. Der Besuch von Cawdor Castle war dann auch abrupt beendet. Am Ausgang konnte Frederike sich nicht länger zurückhalten:

„Jack, verflucht noch mal, was war das denn nun schon wieder für ein fauler Zauber?"

„Das war kein fauler Zauber. Patrick hat das Buch der Träume zerstört, indem er alle Träume daraus entfernt hat."

„Was bedeutet das nun?"

„Das will ich dir gerne zeigen und erklären. Lass uns zunächst einmal zum Eingang gehen. Dort will ich mich davon überzeugen, ob meine Vermutung zutrifft."

Hastig suchten sie den Eingang zum Castle auf. Fragend stand Frederike neben Jack, der gebannt auf die Plakate starrte.

„Und? Was siehst du?"

„Fällt dir nichts an dem Plakat auf?"

„Doch, mir fällt etwas auf", kam plötzlich von einer männlichen Stimme aus dem Hintergrund.

Beide drehten sich um und vor ihnen stand hämisch und zufrieden grinsend Patrick. Jack wollte sofort über ihn herfallen, aber Frederike konnte ihn gerade noch zurückhalten.

„Ruhig Brauner! Du weißt doch, dass es uns nicht besonders gut bekommt, oder?", hielt Patrick ihn zurück.

„Das ist mir mittlerweile völlig gleichgültig. Noch in diesem Leben werde ich dein übles Treiben endgültig beenden und wenn es auch mein Ende sein sollte, so ist es eben gottgewollt."

„Wenn du dich da mal nicht übernimmst!"

Patrick drehte sich gelassen um und entfernte sich von den beiden, während Frederike Jack nur mit Mühe und Not zurückhalten konnte.

„Was ist in dich gefahren? So kenne ich dich ja gar nicht?"

„Frederike, er ist mittlerweile so bösartig geworden, er treibt es einfach zu weit. Patrick ist zu mächtig. Soll ich dir sagen, was die Zerstörung dieses Buchs für den größten Teil der Menschen bedeutet? Sie haben keine Träume mehr. Wenn du einmal auf die Plakate am Eingang schaust, so wirst du sehen, dass die großen Ankündigungen für das Buch nicht mehr vorhanden sind, so als hätte es niemals existiert."

Mit großen und verdutzten Augen musste sie ihm zustimmen. Langsam trotteten sie zum Reisebus zurück.

„Was bedeutet das nun?"

„Es bedeutet Stillstand und damit das Ende der Menschheit. Ohne Träume gibt es keine Phantasien mehr und ohne Phantasie gibt es auch keine Entwicklung mehr. Nur für die Menschen, die bereits einen Blick in das Buch wagen konnten, gibt es noch Träume. Für den Rest der Menschheit verändert sich hier auf Erden nicht mehr viel und das gilt für die meisten."

„Meine Güte, das ist ja wirklich schlimm. Was können wir dagegen tun?"

„Das ist noch nicht alles. Wie du sicherlich weißt, verarbeiten wir durch die Träume vieles, was wir erlebt haben. Wenn das nicht mehr möglich ist, überflutet uns über kurz oder lang unser Unterbewußtsein. Es wird nicht lange dauern und die meisten Menschen werden ins Chaos stürzen. Was wir tun können, weiß ich auch noch nicht. Aber eines ist mir klar, ich werde mich zunächst einmal intensiver mit Patrick beschäftigen müssen."

„Aber bitte nicht mehr heute, Jack. Der Tag war aufregend genug. Noch mehr derartige weltuntergangsähnliche Ereignisse möchte und kann ich heute nicht mehr verkraften. Gönne uns eine Verschnaufpause."

Am Reisebus erwartete man die beiden schon ungeduldig. Alle Augen waren auf Jack gerichtet und er mußte sich von einigen die Frage gefallen lassen, welchen Sinn sein Auftritt im Castle hatte. Er blieb ihnen die Antwort schuldig und setzte sich stumm im Bus auf seinen Platz.

„Was ist los mit ihm und welche Abneigungen gibt es zwischen ihm und Patrick?", fragte eine Studienkollegin Frederike.

„Ich kann dir da zur Zeit auch keine Antwort geben. Aber wo ist Patrick eigentlich?"

„Er zog es vor, alleine nach Aberdeen zu fahren, eben aus dem bereits erwähnten Grund. Diese Situation ist unserer Studienreise nicht förderlich. Vielleicht können sie mit Herrn Hampton einmal darüber reden", mischte sich der Professor ein.

„Was meinen sie wohl, was ich in letzter Zeit ständig tue. Es gibt zwischen den beiden gegenwärtig eine recht verfahrene Situation."

Der Professor schwieg. Alle bestiegen den Reisebus und traten die Rückreise nach Aberdeen an. Die Stimmung war auf dem Tiefpunkt. Einige konnten die schottische Hochlandidylle vorbeiziehen lassen und ein wenig schwärmen. Andere kamen nicht mehr in diesen Genuss und werden wohl nie mehr träumen. So saßen sie einfach nur da und starrten ins Leere.

Jack beobachtete all das besorgt, aber er wusste keine Lösung, andererseits war er auch einfach erschöpft und nickte nach nur kurzer Zeit ein. Als er wieder aufwachte, hatte der Reisebus die belebten Straßen von Aberdeen erreicht. An der Universität endete der Tagesausflug und jeder ging seiner Wege.

Nicht nur ein schöner Traum

Das taten auch Jack und Frederike, sie erreichten über einen kleinen Umweg das Haus am School Hill, wo sie derzeit wohnte. Sie diskutierten vor der Haustür noch ein wenig über das Erlebte.

„Einen großartigen Unterschied habe bisher noch nicht festgestellt, Jack"

„Das ist sicherlich kein Prozess, der sich von heute auf morgen einstellen wird. Die Anzeichen werden sich eher schleichend bemerkbar machen, und dann ist es schon fast zu spät."

„Aber..."

Das Gespräch wurde immer wieder durch den lärmenden Straßenverkehr gestört. Laute Busse und hupende Autos prägten das Bild der Innenstadt.

„Wollen wir nicht zu mir nach oben gehen? Mein Zimmer liegt separat unter dem Dach, niemand wird etwas von deinem Besuch mitbekommen. Dort können wir ungestört noch ein wenig plaudern."

Jack nickte zustimmend und begleitete sie wortlos. Vorsichtig gingen sie die alte Holztreppe hinauf und versuchten sich leichter zu machen, als sie waren, um knarrende und ächzende Geräusche zu vermeiden. Als sie die Eingangstür zu ihren Gastgebern erreichten, passierte es prompt. Lautstark knarrte der Fußboden unter Jacks Füßen. Frederike hielt für einen kurzen Augenblick inne. Sie drehte sich zu ihm um und legte ihren Zeigefinger auf die Lippen.

„Psssst!“

Noch leiser als vorher, obwohl das eigentlich gar nicht möglich war, erreichten sie endlich das kleine Dachzimmer. Jack bekam große Augen und er war angenehm überrascht. Alte plüschige Möbel, diverse kleine Bildchen und Souvenirs schmückten den Raum. All diese kleinen Accessoires waren fein aufeinander abgestimmt und passten zu diesem kleinen Dachzimmer. Das hatte er nicht erwartet.

„Du hast es hier ja wunderschön. Es ist, als wäre es dein eigenes Zimmer, jedenfalls würde ich es mir so vorstellen. Hier kann man es bestimmt ganz gut aushalten, oder?“

„Ich fühle mich hier auch sehr wohl. Es ist, als wäre es extra für mich eingerichtet worden.“

Jack stand vor dem Fenster und ließ seinen Blick über die Dächer des Stadtteils gleiten. Frederike spürte, dass seine Gedanken bereits dort draußen waren. Das Sonnenlicht begann, sich rötlich zu verfärben und die aufkommende milde Abendluft wirkte beruhigend. Es war, als befinde man sich weit ab von allen Sorgen und könnte alles hinter sich lassen. Sie schmiegte sich an Jacks Rücken und flüsterte in sein Ohr:

„Komm, lass uns ein wenig abschalten und gemeinsam einen schönen Traum über den Dächern einfangen.“

„Ja, das wäre wirklich schön.“

Eng umschlungen standen Frederike und Jack vor dem Dachfenster, die realen Bilder verschwammen vor ihren Augen, und es öffnete sich eine völlig neue Welt.

Es war ein Traum, wie ihn sicherlich viele haben. Es war, als würde sich ein breiter weißer Sandstrand vor ihrem inneren Auge unendlich weit erstrecken. Alles wirkte sehr unwirklich. Flache Wellen plätscherten und liefen am Strandufer aus, und ein beruhigendes Meeresrauschen war im Hintergrund zu hören. Am Horizont versank die glühend rote Sonne im hellblauen Meer, und es breitete sich über den Himmel ein weiches rotes Licht aus. Sie waren im Paradies. In einiger Entfernung war am Strand ein schwarzer Punkt zu erkennen, dem sie sich langsam näherten. Allmählich wurde deutlich, dass es nicht irgendein Punkt war, sondern es waren zwei Gestalten, die dort im weichen Sandstrand knieten und sich umarmten. Sie waren es selbst, Jack und Frederike. Sie näherten sich immer weiter, bis sie in diese Körper regelrecht eintauchten.

Frederike schaute Jack in die Augen und er schaute in die ihren. Verliebtheit spiegelte das wieder, was sie zutiefst empfand. Zärtlich ließ sie ihre Finger über seinen Rücken gleiten, während seine Hände ihre Schultern fest umklammerten, um sie innig an sich zu drücken. So, als wollte er sie nie mehr loslassen. Die wärmenden Sonnenstrahlen strichen über ihre Haut und gaben ihnen ein wohliges Gefühl der Geborgenheit. Das Meeresrauschen klang in ihren Ohren wie ein fernes Liebeslied, das ihre Gefühle verstärken wollte.

Ihre Lippen berührten sich zunächst sanft, und es endete im stürmischen Kuss eines liebestrunkenen

Paares. Frederike ließ wild ihre Finger durch sein Haar gleiten. Um sie herum begann sich die Landschaft zu drehen, bis sie wie im Rausch in den warmen, weichen Sand fielen.

Ihre Arme und Beine waren ineinander verschlungen. Mal preßten sie ihre Körper fest aneinander und mal kam es nur zu zärtlichen Berührungen. Durch Jacks kräftige Umarmung fühlte sich Frederike geborgen und sicher.

Ihre Haut schimmerte samtig weich in diesem unwirklich wirkenden Licht. Sie wälzten sich in dem weichen Sandbett hin und her, so dass sie nach kurzer Zeit von feinen, bunt funkelnden Körnern umhüllt waren. Leise flüsterte sie:

„Jack, möchtest du fliegen?"

„Wenn du es möglich machen kannst, so zeige es mir, ich bin zu allem bereit.

Vorsichtig setzte sich Frederike auf seine Hüften, um ihn dann mit ihren langen Beinen zu umschlingen. Zentimeter für Zentimeter schob er ihr sein schmales Becken entgegen, bis sie endgültig eins waren.

Wie ein Vulkanausbruch explodierten ihre Gefühle. Sie sahen den Himmel in allen nur erdenklichen Farben und es war, als würde ein Orchester das Finale einer großartigen Oper spielen. Alles um sie herum begann sich zu verändern. Die Welt schien an ihnen wie im Flug vorbeizugleiten. Frederikes Worte waren wahr geworden.

Als sie den schönsten Punkt ihres Höhenfluges erreichten, wurden sie unterbrochen, jäh aus ihrem Traum gerissen. Lautes Klopfen an der Tür. Es dauerte einige Sekunden, bis Frederike sich wieder orientiert hatte. Fast hilflos schaute sie sich um und stellte fest, dass es sich nicht um einen Traum handelte, sondern alles sehr real war. Hektisch rafften beide ihre Kleider zusammen, um ihre nackten Körper zu bedecken. Es verging einige Zeit, bis Frederike endlich auf das Türklopfen reagieren konnte:

„Come in, please!"

Die Tür wurde vorsichtig geöffnet, und herein kam ihre Gastmutter. Peinlich berührt stand Frederike mitten im Raum und fingerte ein wenig unbeholfen an ihrem Pullover herum. Neben ihr stand Jack, der noch immer mit verträumtem Blick schaute.

„Excuse me! Ich hörte Sie kommen und wollte nur einen heißen Tee bringen. Oh, ich wusste nicht, dass Sie Besuch haben. Soll ich noch eine weitere Tasse bringen?"

Mit dieser Reaktion war nicht zu rechnen und die Überraschung war groß. Frederike hatte Verärgerung erwartet, da sie unangemeldeten Besuch empfangen hatte. Jedenfalls wäre das „German like" gewesen.

„Oh nein", entgegnete sie bereitwillig, „nur keine Mühe, ich werde selbst eine weitere Tasse holen. Darf ich Ihnen im übrigen meinen Studienkollegen, Jack Hampton, vorstellen?"

Verlegen verbeugte sich Jack und reichte der Gastgeberin die Hand.

„Der Name klingt verblüffend schottisch. Sie sind nicht zufälligerweise mit den Hamptons aus Dundee verwandt?"

„Das kann ich Ihnen nicht genau sagen, aber möglich ist es. Ein großer Teil meiner Vorfahren stammt aus Schottland."

„Na, vielleicht finden Sie ja bei dieser Reise den einen oder anderen Hinweis auf Ihre Familie. In meinem Haus heiße ich Sie auf jeden Fall herzlich willkommen."

Nach diesem Smaltalk über Jacks Familiennamen, zog sich die Hausherrin wieder zurück und Frederike folgte ihr, um die zweite Tasse zu servieren. Als sie mit einem weiteren Gedeck zurückkehrte, saß Jack nachdenklich, aber dennoch zufrieden auf dem Bett. Bei einer liebevollen Umarmung flüsterte er ihr zu:

„Das war wirklich ein wunderschön, das kann kein Traum gewesen sein"

Sie genoss diesen Moment der Liebe noch eine Weile und löste sich dann aus seiner Umarmung. Sie wollte Jack einfach nur anschauen.

Verliebt saßen sie noch einige Stunden bei Tee und Gebäck. Dieser Abend der Zweisamkeit war nur schön und keine dunklen Wolken konnten die Stimmung trüben.

Erst weit nach Mitternacht trat Jack seinen Weg nach Kincorth an. Niemand bekam so richtig seine

170

späte Rückkehr mit. Die Familie, bei er zu Gast war, lag bereits versunken in tiefem, sicherlich traumlosen Schlaf in ihren Betten. Auf Zehenspitzen, bedacht darauf, so wenig Geräusche wie irgend möglich zu verursachen, schlich der Nachtschwärmer in sein Zimmer.

In den Krallen des Bösen

Noch lange lag Jack auf seinem Bett und ließ den vergangenen Tag an sich vorbei ziehen. Der Gedanke an ihr gemeinsames Erlebnis weckte sofort wohlige und liebevolle Gefühle. Allerdings drängten sich immer wieder traurige und dunkle Erinnerungen dazwischen, die ihm große Sorge bereiteten. Noch immer beschäftigte ihn die Zerstörung des Traumbuches und er ärgerte sich, dass er keine Lösung fand.

Kein Gedankenblitz erhellte seine Überlegungen. Immer wieder zogen Bilder durch seinen Kopf, wie er mit Hannes inmitten der Marschlandschaft saß, um alle Probleme dieser Welt zu bewegen. Ihm war so, als würden in seine Nase Dämpfe von Pfeifentabak ziehen, so als stünde der alte Mann leibhaftig neben ihm. Wortfetzen drangen wie aus dem Jenseits an Jacks Ohr, aus denen er zunächst nicht schlau werden konnte.

„Nimm es...! Das Buch...! Es muss wandern!"

Dann verstummten die Worte, und es war gespenstisch still. Jack übermannte der Schlaf und er wurde in seinen letzten, wohl alles ent-

scheidenden Traum verwickelt, in dem sich Patrick
von seiner finstersten Seite zeigen sollte.

Es war das Jahr 1957, eine stürmische Nacht und
Jack stand vor einer kleinen Kirche in Schottland,
der „Old Church of Urquhart". Ein heftiger Regen
peitschte über das Land und hatte Felder und
Wiesen durchweicht. Mehrere Gewitter kreisten von
allen Seiten den Kirchenhügel ein, und
wechselweise schlugen mal hier und mal dort die
Blitze in den Erdboden, gefolgt von ohrenbe-
täubenden und bedrohlichen Donnergeräuschen. Die
Wolken hingen so tief, dass man meinte, sie
berühren zu können. Die Blitzeinschläge kamen
stetig näher. Durch das grelle Licht wurde die
finstere Nacht für Sekunden taghell.

Jack schaute in alle Himmelsrichtungen und sah
dann im Licht eines aufzuckenden Blitzes vom
Hügel aus einen Steinkreis. Vermutlich war es einer
von diesen sogenannten Devils Stanes, von denen es
zahlreiche in Schottland gab, um dem Bösen einen

Zugang in ihr Reich zu gewähren. Angestrengt und wie gebannt schaute er zum Steinkreis und wurde dann von einem kräftigen und besonders hellen Blitz geblendet. Der Blitz schlug genau in den Steinkreis ein. Reichlich beeindruckt und sich umsehend, bemerkte Jack gar nicht das Herannahen einer dunklen Gestalt, die ihn wie aus dem Nichts ansprach:

„Nun da bin ich, wurde von dir bestimmt schon erwartet?! Jetzt hast du mein Zentrum der Macht entdeckt. Ich brauche keine pompösen Gemäuer. Wo nicht viel ist, kann auch nicht viel zerstört werden. Obwohl man es ja nicht unweit von hier versuchte, indem man einfach einen Altarstein wegschlug. Das blieb aber nicht ganz ohne Folgen“, begrüßte Patrick seinen überraschten Gast.

„Was willst du mir nun wieder für ein Kunststück der dunklen Mächte vorführen und warum musstest du unbedingt das Buch der Träume zerstören?“

„Das weißt du nicht? Ich hätte dich für etwas klüger gehalten. In den Träumen hat immer das Gute seinen Zugang zu den Menschen gefunden. Eindrücke, die wir mühselig tagsüber unter den Menschen säten, wurden in der Nacht durch eure wundersame Traumwelt wieder ganz oder teilweise unwirksam gemacht. Jetzt hat schon ein großer Teil der Menschen nicht mehr die Möglichkeit zu träumen und bald wird nur noch Chaos herrschen. Die wenigen, die noch einen Blick in dieses Buch wagen konnten, werden irgendwann sang- und klanglos untergehen.“

„Damit wirst du nicht durchkommen. Die Menschen werden einen Weg finden, um diesem Fluch zu entkommen.“

„Jack, ich glaube, du träumst zuviel von besseren Zeiten. Der Mensch ist schwach geworden und ich bin mittlerweile so stark, dass es kaum etwas gibt, was mich aufhalten kann. Schau dich doch an. Wohin bist du geraten und was hast du bisher Großes bewegen können? Um es dir auch dieses Mal zu demonstrieren, habe ich eine richtige Überraschung für dich vorbereitet. Ich habe nämlich eine dir sehr nahestehende Person zu unserem Treffen hier eingeladen. Du wirst feststellen müssen, dass deine doch so heilige, geweihte Macht in diesem mickrigen Gebäude wenig bewirken wird.“

Patrick wandte sich dem Kirchturm zu, breitete seine Arme weit aus und richtete sie gegen den tief schwarzen Himmel, aus dem ein besonders kräftiger Blitz, wie ein dicker heller Finger, in Richtung

Turmspitze züngelte. Krachend schlug er dort ein. Wie ein Keil spaltete die Naturgewalt das Gemäuer und mit großem Getöse stürzte eine der vier Kronen samt Mauerwerk zu Boden.

„Was soll das? Meinst du, dass diese unsinnige Tat mir irgendetwas beweist?", fuhr Jack ihn wütend an.

„Den Zweck des Ganzen will ich dir gerne demonstrieren. Folge mir einfach in die Kirche und du wirst sehen, dass alles das, was du gestern Nachmittag so großspurig verkündet hast, keinen Penny wert ist."

„Patrick, du darfst und kannst heiligen Boden nicht betreten, das weißt du doch."

„Ich glaube, dass ich schon einmal bewiesen habe, dass mich dieses Heiligengefasel überhaupt nicht interessiert. Sieh nur, nichts passiert."

Gesagt, getan und schon verschwand er im Innern der kleinen Kirche. Dessen aber nicht genug. Auf dem Altar im Kirchenschiff lag ein scheinbar lebloser weiblicher Körper. Jack erkannte sofort, dass es Frederike war und stürmte auf sie zu.

„Halt! Rühr sie nicht an oder sie ist dem Tod geweiht!", warnte Patrick.

„Was ist mit ihr los? Sag's mir!"

„Sie ist in einer Art Hypnose. Sie kann dich zwar hören, aber nicht antworten."

Jack kniete vor ihr nieder und hielt seine Hände schützend über sie. Er wollte sie umarmen, besann sich aber der warnenden Worte.

„Was verlangst du von mir? Ich werde alles tun, damit ihr nichts zustößt", bot Jack kleinlaut an.

„Alles? Wirklich alles?", fragte Patrick fordernd.

„Ja alles, was du willst."

„Nun gut, also lass mich in Ruhe und komm mir nie wieder in die Quere. Bis du mir das bewiesen hast, werde ich sie mitnehmen, und am Ende lasse ich ihren Geist wieder frei. Solltest du mich stören, so wirst du sie niemals wiedersehen."

„Was meinst du mit Ende? Wann ist das Ende?"

„Sehr bald mein Lieber, sehr bald. Ihr habt alle versagt. Also, nimm Abschied!"

Der Aufforderung folgend, beugte Jack sich ohne sie zu berühren noch einmal über Frederike. Dann überließ er sie dem teuflischen Geschöpf.

Patrick nahm den erschlafften Körper auf und trug ihn aus der Kirche. Nur sehr langsam erhob sich Jack und folgte in sicherem Abstand. Vom Kirchenhügel aus sah er, wie dieser Frevler zu dem Steinkreis ging und dort Frederike auf den Altarstein legte. In dem Moment als er seine Hände gen Himmel erhob und der Blitz in den Steinkreis einschlug, schrie Jack herzzerreißend:

„Neeeiiin!!"

Beim nächsten Blitz, der die Nacht wieder erhellte, war der Steinkreis menschenleer. Nichts befand sich mehr dort, weder Patrick noch Frederike.

Da sank Jack in sich zusammen und verbarg sein Gesicht in den Händen. Eine ganze Weile blieb er

176

dort so hocken, ließ den Regen auf sich niederprasseln, bis er hinter sich Stimmen hörte. Vermutlich waren es Dorfbewohner, die den Blitzeinschlag mitbekommen hatten.

„Schaut nur, was hier passiert ist. Das kann kein gutes Zeichen sein", äußerte einer der Bewohner.

Was weiter geschah, bekam Jack nicht mehr mit, langsam entglitt er der Traumwelt und wachte vollkommen erschöpft auf.

Er stand auf und setzte seine Füße auf völlig von Schlamm und Dreck überzogene Kleidung. Nur mit Fingerspitzen und ein wenig die Nase rümpfend nahm er die Sachen hoch.

„Ich glaube, die sollte ich nicht mehr anziehen."

Als Jack im Badezimmer sein Nachtzeug auszog, sah er erst wie verschmutzt sein Körper war. Er konnte seinen eigenen Geruch nicht ertragen. Während durch eine ausgiebige Dusche der gesamte Schmutz ins Abflussrohr gespült wurde, fiel es ihm wie Schuppen von den Augen.

„Frederike! Meine Güte, wie konnte ich es vergessen?"

Panisch verließ er das Badezimmer und warf sich einige Sachen über, um dann sofort und fluchtartig das Haus zu verlassen. Selbst seine sonst desinteressierten Gasteltern wunderten sich und riefen hinterher:

„Was ist passiert? Willst du nicht erst einmal frühstücken?"

Jack hörte die Worte nicht mehr, er war in seinen
besorgten Gedanken gefangen.

Die letzte Entscheidung

Über dem Park hing ein dichtes und schweres
Nebelkleid. Das Sonnenlicht erhellte nur ge-
dämpft den Tag und gleichsam trübte dieses
Zwielicht die Stimmung in den Straßen der Stadt.
Die Menschen bewegten sich wie geduckt über die
Gehwege und die Fahrzeuge schlichen über den
Asphalt, als wollten sie sich im Nebel davonstehlen,
ohne entdeckt zu werden.

Nur langsam kam der Bus voran, sicherlich so wie
sonst auch immer, aber Jack kam es wie Zeit-
lupentempo vor. Unruhig rutschte er auf seinem Sitz
hin und her, sein Blick wanderte gehetzt über die
Blechlawine des Berufsverkehrs. Erst als er sich
ergeben der Situation fügte und sich auf seinem Sitz
etwas entspannte, bemerkte er ein verändertes
Verhalten an den Menschen. Sie saßen größtenteils
unruhig und nervös im Bus. Jeder hockte für sich
alleine auf einer Bank, gehetzte und verstohlene
Blicke zeichneten ihre Gesichter mit den tiefen
Augenrändern. Ein einziges Gehupe dröhnte durch
die Straßen, was für die sonst so disziplinierten
schottischen Autofahrer unüblich war. Hier und da
sah man, wie sich Passanten stritten.

Die Prophezeiung sollte sich also bewahrheiten.
Allerdings hieß es nun zunächst einmal, sich um das
Schicksal von Frederike zu kümmern. Als der Bus
endlich die Innenstadt erreichte, stieg Jack vorzeitig

aus, um den Rest des Weges zu Fuß zurückzulegen. Das war nicht seine beste Idee, denn es herrschte das pure Chaos in der Stadt. Wie oft er auf dem Weg bis zum School Hill angerempelt oder beschimpft wurde, konnte er zum Schluss nicht mehr zählen. Endlich am Haus von Frederikes Gastfamilie angekommen, klopfte vor Aufregung und Ungewißheit sein Herz bis zum Hals. Als er klingelte, bemerkte er seine zitternden Hände. Das Warten vor der Tür kam ihm wie eine Ewigkeit vor, bis endlich die Hausherrin öffnete.

„Mr. Hampton, Sie sind es. Kommen Sie herein."

Während sie Jack hereinbat und die Tür verschloss, erzählte sie aufgeregt:

„Es ist etwas Schlimmes passiert. Heute Nacht ist Frederike die Treppe heruntergefallen und seitdem liegt sie völlig abwesend da. Der Arzt war auch schon da, aber er konnte nicht helfen. Er meint, wir müssen abwarten."

Jack folgte ihr ins Wohnzimmer, wo Frederike, eingehüllt in Decken und auf dicke Kissen gebettet, auf der Couch lag. Sie lag da wie aufgebahrt.

„Sehen Sie nur, das arme Kind. Seit Stunden liegt sie so da."

Jack kniete neben der Couch nieder und nahm ihre Hand. Sie starrte regungslos an die Decke.

„Frederike, wach auf. Es ist alles nur ein böser Traum. Du darfst dich von ihm nicht gefangen halten lassen. Ich weiß, was los ist."

Er unterbrach kurz seinen Monolog und wandte sich
der Gastfamilie zu.

„Sagen Sie, könnten Sie mich mit ihr kurz alleine
lassen?"

Die Hausherrin breitete ihre Arme seitlich aus und
scheuchte die gesamte Familie wie eine Gänseschar
aus dem Raum. Kaum war die große Tür zum
Wohnzimmer verschlossen, redete er atemlos auf
Frederike ein:

„Ich weiß, dass du mich hören kannst. Darum teile
ich dir einfach meine Gedanken mit und hoffe, dass
sie bei dir ankommen. Ich hätte dich in die Sache
nicht mit hineinziehen sollen. Eigentlich sollte ich
es auch besser wissen. Jedes Mal, wenn ich mich
verliebe, endet das so. Darum war ich auch zunächst
so distanziert dir gegenüber. Nun ist es aber passiert,
und nun müssen wir einen Weg finden, da wieder
herauszukommen. Übrigens... Weg finden! Ich
glaube, ich weiß, wie wir den Menschen helfen
können, wieder zu träumen. Wir müssen mit dem
Buch auf Tournee gehen. Es müssen so viele
Menschen wie irgend möglich in das Buch schauen,
die bereits früher einen Blick auf die Seiten wagen
durften. Aber alleine schaffe ich das nicht, du musst
mir helfen. Also, wach bitte auf. Das Chaos hat
bereits begonnen. Die Menschen sind so gereizt und
es wird von Tag zu Tag schlimmer."

Jack machte eine kurze Pause und legte seinen Kopf
auf Frederikes Bauch, um sie spüren zu lassen, dass
sie nicht alleine ist.

„Weißt du eigentlich, wer mich auf die Idee gebracht hat? Du wirst es kaum glauben, es war
Patrick persönlich. Im letzten Traum gab er mir den
entscheidenden Hinweis. Ein wenig half mir auch
Hannes. Wie es ihm wohl geht?"

Mit Tränen in den Augen saß er lange Zeit neben ihr
und hielt einfach nur ihre Hand. Außer der
gleichmäßigen Atmung regte sich nichts an ihr, sie
lag völlig apathisch da.

Die unterschiedlichsten Gedanken schossen Jack
durch den Kopf. Immer wieder stellte er sich die
Frage, wie er alles hätte verhindern können und vor
allen Dingen dachte er darüber nach, was er tun
könnte, um Frederike aus ihrer derzeitigen Gefan-
genschaft zu befreien. Die Situation ließ nur einen
Schluss zu. Er sprang auf.

„Mach dir keine Sorgen, es wird alles wieder gut.
Ich werde jetzt losgehen und die Angelegenheit endgültig klären."

Zärtlich ließ er seine Hand noch einmal über ihr
Haar gleiten und gab ihr einen innigen Kuss. Mit
einem traurigen, aber zugleich herzlichen Lächeln
verabschiedete er sich von ihr.

„Wir werden uns sicher noch einmal sehen."

Leise und unbemerkt verließ er das Haus und ging
auf direktem Weg zum Universitätsgebäude, wo die
Studiengruppe war, unter anderem auch Patrick.

Auf den Straßen herrschte immer größeres Chaos.
Der Straßenverkehr war zum Erliegen gekommen.

Viele Passanten liefen kopflos durch die Gassen. Es gab keine Regeln mehr.

Jack bahnte sich seinen Weg und erreichte schnell sein Ziel. Im Gebäude angekommen, spürte er sofort die Gegenwart seines Erzfeindes. Als er in der Mensa um die Ecke kam, stand er in einer Gruppe von Studenten und schien sich bestens zu amüsieren. Jack stürmte entschlossen auf ihn los und stellte sich demonstrativ hinter Patrick. Den kümmerte das allerdings zunächst überhaupt nicht. Er war sich seiner Sache offensichtlich sehr sicher, bis ihn Jack ansprach:

„Dreh dich um, ich muss mit dir endgültig etwas klären."

Langsam und selbstgefällig drehte sich der so Angesprochene um und entgegnete abfällig:

„Meinst du etwa mich?"

„Ja, du bist gemeint! Du fühlst dich wohl so sicher. Ich habe dir aber schon einmal prophezeit, deine Überheblichkeit wird irgendwann einmal dein Untergang sein. Es gibt nämlich Leute, die lassen sich nicht dauert mit Füßen treten, und dazu gehöre ich."

„Was meinst du damit?"

Patrick schien wohl doch schon etwas verunsichert und schaute sich nach allen Seiten um. Wahrscheinlich suchte er nach einer geeigneten Rückzugsmöglichkeit. Das spürte Jack und stürmte los, um diesen Teufel zu packen.

Sie prallten aufeinander und ein kräftiger Blitzschlag streckte sie in der gleichen Sekunde nieder. Einen kurzen Moment lang lagen beide kraftlos nebeneinander. Einer der Umstehenden wollte Patrick helfend die Hand reichen, aber das schlug er ab. Gerade wollte er sich aufraffen, um sich feige aus dem Staube zu machen, da kam ihm Jack zuvor und packte ihn an den Beinen. Krampfhaft versuchte sich Patrick am Tisch hochzuziehen. Jack packte aber noch fester zu. Dieses Mal gab es für Patrick kein Entkommen: Jack saß auf ihm und hielt ihn mit aller Kraft fest.

Heftige Stromstöße durchfuhren die beiden. Während der eine das Gefühl hatte, dass ihm das letzte Quentchen Wärme ausgesaugt wurde, glaubte der andere vor Hitze fast zu verglühen. Minutenlang hielt dieser Kampf dieser so gegensätzlichen Wesen an. Allerdings bekam keiner der Beobachter mit, was wirklich geschah. Erst als Jack kraftlos mit vor Schmerz verzerrtem Gesicht zusammenbrach und neben seinem bewegungslosen Kontrahenten auf dem Boden lag, fiel sein aschfahles Gesicht auf. Einer der Studenten drehte Patrick um und blickte in ein hochrotes, aufgequollenes Gesicht.

„Schnell, holt einen Arzt! Das sieht nicht gut aus!", rief einer.

Decken wurden herbeigeholt und man versuchte alles zu tun, um zu helfen. Aber jede Hilfe kam zu spät Patrick hatte bereits das Bewusstsein verloren und ein Sanitäter versuchte vergeblich ihn wiederzubeleben.

„Das ist sinnlos“, stammelte Jack, „er ist bereits nicht mehr bei uns, lasst ihn in Ruhe sterben. Es ist so gewollt.“

Dann wurde auch ihm langsam schwarz vor Augen, und alles verschwamm allmählich, so als würde er langsam in einem Swimmingpool versinken. Es wurde für Jack Zeit, von dieser Welt Abschied zu nehmen. Es war aber niemand da, von dem er sich verabschieden konnte. Keine Frederike, die seine Hand hielt. Er fühlte sich sehr einsam und verlassen.

„Jack! Jack, hörst du mich!“, drang es leise an sein Ohr.

Ganz weit weg und klein erkannte er Frederike. Er sammelte noch einmal alle Kräfte und öffnete seine Augen, um die Frau zu sehen, der er seine letzte Liebe geschenkt hatte.

„Da bist du“, flüsterte er ihr zu, “ich habe es geschafft, ich konnte dich retten.“

„Was machst du nur für dumme Sachen“, schimpfte sie leise und verzweifelt.

„Es war die einzige Möglichkeit, das Böse endgültig zu stoppen.“

Frederike streichelte seine Wangen und fing an zu weinen. Einige ihrer Tränen fielen wie Perlen auf seine Stirn.

„So habe ich mir unser Ende nicht vorgestellt.“

„Welches Ende?“ – Mit dem Tod endet nichts. Es ist ein Tunnel, durch den wir alle gehen müssen. Der Nebel löst sich auf und alles wird glasklar. Niemand muss davor Angst haben.“

„Ist es wirklich so und man braucht keine Angst zu
haben?"

„Nein, nein, das braucht man nicht."

Sie gab Jack noch einen letzten lieben, zarten Kuss
und schaute dann für lange Zeit in seine erlöschen-
den Augen. Die Reise durch den langen Tunnel
würde bald beginnen. Ganz leise flüsterte er seine
letzten Worte, so dass Frederike ihr Ohr an seine
Lippen halten musste:

„Komm, begleite mich im Traum zu jenem Ort, von
wo aus ich diese Welt verlassen werde."

Fest umfasste sie seine Hände und schaute in seine
Augen, die sich allmählich schlossen.

Langsam schob sich der Schleier beiseite und die
klaren Umrisse des Chorraumes wurden sichtbar.
Vor ihr stand ein strahlend helles Wesen, das seine
Hand ausstreckte. Eine Gestalt war nicht erkennbar
und ein Gesicht konnte man nur erahnen. Aber es
war Jack und sein Anblick war voller Güte und
Liebe.

„Eine letzte Botschaft möchte ich nun noch an dich
loswerden, bevor ich hinter dieser Tür dort mein
irdisches Dasein beende", ertönte es raumausfüllend
und Jack deutete auf eine der vier Türen.

„Sorge dafür, dass möglichst viele Menschen, die
bereits das Buch der Träume gesehen haben, noch
einmal einen Blick wagen."

Kaum waren diese Worte gesprochen, öffnete sich
auch schon die Tür, und unbeschreiblich weißes
Licht strahlte durch den stetig größer werdenden

Spalt. Der gesamte Chorraum wurde taghell. Langsam bewegte sich Jack darauf zu und ließ nur sehr zögerlich Frederikes Hand los. Dann wurde seine leuchtende Lichtgestalt eins mit dem Glanz, der sich immer mehr abschwächte, während sich die Tür wieder schloß.

Der Abschiedstraum war abrupt beendet und als Frederike ihre Augen öffnete, lag Jacks lebloser Körper vor ihr. Erst jetzt wurde ihr bewusst, was eigentlich geschehen war und sie weinte bittere Tränen, bis eine Studienkollegin sie in den Arm nahm und tröstete. Ihre Trauer hielt aber lange an.

Inzwischen sind einige Jahre ins Land gezogen und viele haben diese Geschichte schon lange vergessen. Nur Frederike trägt noch immer die Liebe zu Jack in ihrem Herzen und ihr gemeinsamer Sohn entwickelt sich prächtig. Die Ähnlichkeit zu Jack ist verblüffend, ja sogar erschreckend. Jeder wird sicherlich denken, dass die Geschichte nun unendlich weitergeht, aber der Fluch sollte ein Ende haben. Das Böse wurde endgültig durch Jack besiegt und das Gute auf dieser Welt sollte eine neue Chance bekommen.

Dazu wollte Frederike beitragen, indem sie kurz nach Jacks Tod gemeinsam mit dem Professor Cawdor Castle aufsuchte, um das Buch der Träume auszuleihen. Noch heute zieht sie mit diesem einzigartigen Werk von Stadt zu Stadt, um möglichst vielen Menschen die Möglichkeit zu geben, ihre Träume wieder zu finden. Leider wagen noch zu wenige Menschen einen Blick. Zu sehr beherrscht noch immer das Chaos unsere Welt, man braucht sich nur umschauen.

Woher ich das alles weiß? Na, ich habe in das Buch der Träume geschaut und stieß dort auf Jacks Geschichte. Lust auf mehr? Die Suche nach dem Buch der Träume lohnt sich. Vielleicht trifft man sich ja dort.

Inhalt: